U0863224

藏書

三十六計

珍藏版

捌

于立文 主编
李金龙 编

辽海出版社

第三十二计　空城计

【原文】

虚者虚之，疑中生疑。刚柔之际，奇而复奇[①]。

【注释】

①刚柔之际，奇而复奇："刚柔之际"语出《易·解》卦："象曰：刚柔之际，义无咎也"刚柔之际，奇而复奇的意思是，在敌强我弱，敌我力量悬殊的时候，我可以用奇而又奇的计谋，摆脱强敌的威胁。

【译文】

与敌比较，我们的力量本来就显薄弱，如果进一步显示空虚，就会让敌人难以揣摩；在敌众我寡时，这种奇中再奇的战术，会有意想不到的效果。

【按】虚虚实实，兵无常势。虚而示虚，诸葛而后，不乏其人。如吐蕃陷瓜州[①]，王君[②]死，河西[③]汹惧。以张守珪[④]为瓜州刺史，领余众，方复筑州城。版榦[⑤]裁立，敌又暴至。略无守御之具，城中相顾失色，莫有斗志。守珪曰："彼众我寡，又疮痍[⑥]之后，不可以矢石相持，须以权道[⑦]制之。"乃于城上，置酒作乐，以会将士。敌疑城中有备，不敢攻而退。又如齐祖珽[⑧]为北徐州刺史，至州，会有陈寇[⑨]，百姓多反，珽不关城门，守陴[⑩]者，皆令下城，静坐街巷，禁断行人，鸡犬不乱鸣吠。贼无所见闻，不测所以，疑惑人走城空，不设警备。珽复令大叫，鼓噪聒天，贼大惊，登时走散。

【注释】

①吐蕃陷瓜州：指唐玄宗开元十五年（公元七二七年）九月，吐蕃攻陷瓜州（州治在今甘肃安西西南）事。

②王君：唐开元中，河西陇右节度使，屡建战功，后战死。《新唐书》有传。

③河西：唐代方镇。辖地相当于今甘肃河西走廊，治所在今甘肃武威。

④张守珪：唐开元中瓜州刺史，屡建战功，官至辅国大将军。

⑤版榦：夯土打墙用的夹板和固定木桩。榦，同

幹（干）。

⑥疮痍：创伤。

⑦权道：指机变战法，或称诡道。

⑧祖珽：北齐范阳人，字孝征。曾任北徐州刺史。

⑨陈寇：陈，南北朝时的南朝陈；寇，进犯。陈寇，指陈军进攻。

⑩陴：城墙上的女墙。

【译文】

用兵不能墨守陈规。空虚时再显其空虚，这种计策从诸葛孔明运用之后，效仿的人也有许多。例如唐玄宗时，吐蕃人攻陷了瓜州，守将王君焕战死；河西地区的百姓十分震惊。这时，张守珪被任命为瓜州刺史，他到任后，率领部分民众开始重新修复城墙。当筑墙夹板两端的木桩刚刚立好，吐蕃人又突然袭来。当时城内没有防御的武器，大家惊慌相看，脸色都吓白了，谁也没了斗志。这时张守珪对大家说：“敌众我寡，又赶上刚刚遭受战乱之后，我们不能用利箭、雷石与敌人去硬拼，必须用计谋去战胜他。”于是他命令在城上摆好酒席，找来乐工吹拉弹奏，和将士们饮酒作乐。吐蕃人见了，怀疑城中设有伏兵，不敢向前进攻，反而撤围退走。又如，北齐的祖珽作北徐州刺史时，刚刚到任，就遇南陈大举入侵，当地的老百姓也乘机起来造反。当时祖珽下令不关城门，凡是城上的士兵，都撤到城内去，静坐在街巷中，街道上禁止行人通行，全城寂静无声，鸡不叫，狗不吠。南陈军队探听不到城中的情况，也摸不清城中是怎么回事。他们怀疑北齐军队已经逃走，这里成了一座空城，因此没有人守备。这时祖珽突然命令城中的士兵高声大叫，同时锣鼓喧天。南陈军队大惊，立刻向四处逃散去了。

【计名探源】

历史上第一个空城计的战例出现在春秋时期。楚国的令尹公子元，在他哥哥楚文王死了之后，想占有漂亮的嫂子文夫人。用各种方法讨好她，文夫人都无动于衷。于是他想建立功业，显显自己的能耐，以讨得文夫人的欢心。

公元前 666 年，公子元亲率兵车六百乘，浩浩荡荡，攻打郑国。楚军一路直逼郑国国都。郑国国力较弱，都城内更是兵力空虚，无法抵抗楚军进犯。

郑国危在旦夕，群臣慌乱，有的主张纳款请和，有的主张拼一死战，有的主张固守待援。上卿叔詹说："请和与决战都非上策，固守待援，倒是可取的方案。

郑齐订有盟约，而今有难，齐国会出兵相助。只是空谈固守，恐怕也难守住。公子元伐郑，实际是想邀功图名，讨好文夫人。他一定急于求成，又特别害怕失败，我有一计可退楚军。”

郑国按照叔詹的计策，在城内做了安排。他命令士兵全部埋伏起来，不让敌人看见一兵一卒。店铺照开门，百姓往来如常，不准露出一丝慌乱之色，城门大开，放下吊桥，摆出完全不设防的样子。

楚军先锋到达郑国都城城下，见此情况，心里怀疑，莫非城中有埋伏，诱我中计？因此不敢妄动。公子元赶到城下，也好生奇怪。他率众到城外高地上望了望，城中确实空虚，但又隐约看到了郑国的旌旗甲士，公子元认为其中有诈，不可贸然进攻，先探听虚实再说。

这时，齐国接到郑国的求援信，已联合鲁宋两国发兵救郑。公子元闻报，知道三国兵到楚国定不能胜，于是下令全军连夜撤走，人衔枚，马裹蹄，不出一点声响。

第二天清晨，叔詹登城一望，说：“楚军已经撤走。”

这就是中国历史上第一个使用空城计的战例。

【评语】

“空城计”是利用虚虚实实的惑敌手段，诱使敌方的攻势终止或落空的计谋。这是一种心理战术。《兵法圆机·空》：“敌之谋计利，而我能空之，则彼智失可擒。虚幕空其袭，虚地空其伐，虚发空其力，虚诱空其物。或用虚以空之，或用实以空之。虚不能实，诡幻不赴功；实不能虚，就事寡奇变，运行于无有之地，转掉于不形之初。杳杳冥冥，敌本智而无着其虑，敌未谋而无所生其心。洵空虚之变化，神也！”

古人认为，用兵必须虚虚实实，没有定式可循，势虚的就再显示其空虚。自诸葛亮之后运用此计的，不乏其人。

【战例】

阏与之战

战国中后期以来，秦国在不断胜利的基础上，经过几十年的发展，齐国已经不是它的对手了，楚国也多次在战争中失败。战国后期还有力量和秦国进行较量的，只剩下了赵国。当时，赵惠文王在位，他任用蔺相如、廉颇、赵奢、乐毅等人，外拒强秦，内安百姓，使“民富而府库实”。赵国又不断攻占了齐、魏的土地，这段时间里，赵国“尝抑强齐四十余年，而秦不能得所欲”（《战国策·秦策三》），成为秦国的主要对手。

三十六计之空城计

公元前269年，秦国大军进攻赵之阏与。赵王召集诸将研究战局，讨论是否派兵解围。大将廉颇和乐乘都认为，从赵国都城邯郸到阏与之间，路途遥远而地形险狭，难以取胜，所以不宜出兵。赵王又询问赵奢的意见，赵奢作出了不同的回答：道路远又狭窄，这就好像两只老鼠在洞里相斗，只要将帅勇敢有谋，就能取胜。赵王十分欣赏赵奢的识见和魄力，于是派他率领大军前去解围。

赵王对赵奢的信任不是偶然的，赵奢在当时的赵国，是一个很有影响的将领，声望和廉颇相去不远。他早年作过赵国的田税官，不畏权势，曾惩办过不守法令拒交租税的赵国贵族平原君家的管事九人。后来，他又曾主持整个国家的田赋管理工作，使赵国百姓富裕而国家府库充实，大大增强了赵国的国力。可见他是一位有作为的政治家。赵奢同时也是一位很好的将领，他领兵为将，能够做到和士卒同甘苦，治军严谨，军队战斗力很强。正是具备着多方面优秀条件，赵奢才能临危受命，去同秦军决一死战。

赵奢带领军队出了邯郸城，往西刚走了30里地，就下令停止前进，就地驻扎下来。同时还不断增修工事，以示长期驻守、无心去救阏与的意向。赵奢还下令全军："有谁上书言与秦军战者斩！"

秦军进至武安（今河北武安西南）附近，多次大擂战鼓向赵军挑战，鼓声都震动了武安城内的屋瓦，这时，赵奢军中有一人要求迅速出兵去援救武安，赵奢立即下令斩杀该人。赵奢按兵不动28日，秦派奸细窜入赵军营中刺探虚实动静，赵奢优厚地款待了奸细，不加丝毫的防范，有意让他了解赵军坚守的情况。秦军奸细返回营寨后，将赵军坚壁不出的情况向秦将作了详细的汇报。秦将闻之大喜，说：赵奢的军队离开国都30里就停止前进，而且还在继续增强防御工事，看来阏与这个地方是不会再属赵国所有了。遂对赵奢大军失去了戒备。

赵奢在放走秦军奸细之后，下令全军卷起铠甲，轻装急进，奔赴阏与。赵军避过正面的秦军，只用了两天一夜的功夫，就到达了离阏与仅50里的地方。在那里赵奢修筑工事，并部署善于射箭的士兵把守，准备迎头痛击来犯的秦军。

当赵奢这边军营壁垒建成以后，秦军才得知消息，秦将赶忙率军队向阏与开进。这时赵军中有个名叫许历的军士，表示要向赵奢提出迎战秦军的建议，赵奢请他入帐细说，许历遂建议说："我军这次出敌不意地开到这里，秦军一定恼羞成怒，气势一定很凶猛；将军必须严整军阵，集中兵力把守阵地以等待秦军，不然就会失败。赵奢对许历的建议深表赞同。许历根据赵奢原先定下的军令，认为自己提出了关于作战的建议，应该被处死，于是请求伏法。但是，赵奢却说，现在情况已发生了变化，应该执行新的军令，而不必墨守旧令了。

秦军马不停蹄向赵军扑来，两军之间的厮杀迫在眼前。这时许历再次向赵奢献计："北山的位置十分重要，我们必须抢先占领，这个制高点乃是决定战争胜负的关键，谁先占领谁就能处于有利的地位，否则就难免失败。”赵奢马上命令赵军一万人急速登上北山，抢先占据了这一险要地形。秦军迟到一步，见赵军已占领北山，就下令全力进攻，企图从赵军手中夺回北山。赵奢见秦军争山，便命令赵军居高临下勇猛冲杀。秦军由于是被动应战，所处地形又极为不利，结果被赵军打得大败，死伤惨重，被迫退兵。赵奢从而胜利地解救了阏与之围。

赵奢大军凯旋返回邯郸后，赵王为了奖励赵奢的卓著军功，封他为马服君，与廉颇、蔺相如位禄相等。赵王还任命许历担任国尉。

阏与之战使秦蒙受到一次战国以来少有的严重挫折。阏与之战后来也被称为“示缓而先据要地”取胜的成功战例。

赵奢在这场战争中，首先采取在离邯郸 30 里处坚壁固守的做法，从而造成了秦将误认为他不敢去救援阏与的错觉，达到了麻痹敌军的目的，为绕道急行，抢占有利地形创造了条件。这就如《三十六计》中所说的：“虚者虚之，疑中生疑。”为了确保己方作战意图的实现，赵奢严肃军令，诛杀违背军令随意要求开战的军士，这是孙子“勇者不得独进，怯者不得独退”精神在治军中的反映。待秦军上当后，赵奢又避开敌人，越过险阻，轻装急进，神速地抢先占据了有利阵地，做到了军队行动“其疾如风，其徐如林，侵掠如火，不动如山，难知如阴，动如雷震”的要求。最后，在正式交战之前，赵奢又能虚心听取部下的建议，首先占领险要难攻的北山阵地，完全取得了战争的主动权，赢得辉煌的胜利。这一胜利的取得，就在于赵奢真正理解了“刚柔之际，奇而复奇”的奥秘，并在实战中予以巧妙的运用。

李广虚作疑兵

汉朝时，匈奴军大举入侵雁门、上郡。汉景帝命“飞将军”李广统军御敌。

一天，中贵人带领几十名骑兵出营，发现三个匈奴人，以为是敌军侦探，便立即跃马追去，三个匈奴人转身放箭，射伤中贵人，几十名骑兵也被射杀殆尽。

李广闻报，判断说，这一定是匈奴射雕的猎户，于是便带百余骑去追赶，结果杀死二人，活捉一人。李广正准备上马回营，突然发现远处奔来数千匈奴骑兵。匈奴骑兵这时也发现了李广一行。匈奴兵误认为这是汉军派出来的诱兵，就急忙驰向出头，列开阵势，准备迎击。李广手下的骑兵见状大惊，皆拍马欲退。

李广制止说："我们远离主力部队，如果惊慌撤退，匈奴肯定会追杀我们。现在最好的办法是留下来，这样，匈奴就会以为我们是大军的诱兵而不敢贸然进击。"于是，他率领骑兵继续行进。当走到离匈奴阵地约二里的地方时，李广命令骑兵全部下马解鞍，以迷惑敌人。

匈奴军由于摸不透李广的用意，果然不敢轻易出击。一会儿，匈奴有一个骑白马的将军走出阵地巡视兵士，李广发现后，立即跃马弯弓，带领十多名骑兵冲上去一箭就将骑白马的人射落马下。然后驰回自己的队伍中，又卸下马鞍，叫兵士们把马放了，让马吃草，大家躺在地上休息。一直等到日暮，匈奴人还是辨不清李广的虚实，始终不敢下山。到了半夜，匈奴军担心遭到汉军伏兵袭击，便乘夜撤退而去。李广终于安全返营。

陆逊智退兵

嘉禾五年（公元236年），孙权北征，派右都督陆逊与中司马诸葛瑾攻襄阳。陆逊派亲戚韩扁怀揣奏疏上报朝廷，返回途中，在沔中遇到敌人，敌人抓获了韩扁。诸葛瑾听后，十分恐慌，写信给陆逊说："大驾已还，敌人得到韩扁，将我们的虚实全部打听清楚了。

而且河水快干了，最好是赶快离去。”陆逊未作答复，仍催促人种葑豆（一种蔬菜），与众将领下棋射箭游戏，一如平常。诸葛瑾说：“陆伯言足智多谋，他这样做一定自有考虑。”于是亲自来见陆逊。陆逊说：“敌人知道大驾已还，再不用为此筹谋，便专心对付我们。如今敌人已经守卫了要害之处，兵将已经出动。我们自己应当首先镇定自如以稳住部队。然后再巧施计谋，退出此地。如果今天就向敌人表明我们要走，敌人会以为我们害怕了，必然会来威逼我们，那就是必败之势了。”于是秘密地与诸葛瑾定计，令诸葛瑾坐镇舟船，陆逊率领全部兵马向襄阳进发。敌人素来惧怕陆逊，见陆逊要攻襄阳，立即退回城中。诸葛瑾便引船而出，陆逊慢慢整顿好队伍，大张旗鼓地走上船。敌人不知究竟，不敢追击，于是陆逊全军安然退出。

伊斯美佯聋胜刻遵

第一次世界大战后，备受帝国主义欺压的土耳其打败了英国的傀儡希腊。英国为了严惩土耳其，纠集法、意、美、日、俄、希腊等列强在洛桑与土耳其谈判，企图胁迫土耳其签订不平等条约。英国派身材魁梧，声如洪钟，世界闻名的外交家外相刻遵为代表。

土耳其派身体矮小，耳朵有些聋，在国际国内均为无名小辈的伊斯美为代表。谈判中，刻遵和其他列强代表态度傲慢，根本不把伊斯美放在眼里。

伊斯美则态度从容，毫无惧色，特别是他的聋耳朵，似乎具有“特异功能”，对土耳其有利的发言他都能听到，不利的话好象一句也听不见。当伊斯美提出维护土耳其的条件时，英国外相刻遵挥拳吼叫，咆哮如雷，恫吓、威胁劈头盖脑压向伊斯美。各国列强代表也张牙舞爪，大发雷霆，大有将伊斯美一口吞下之势。面对这些声嘶力竭的吼叫，伊斯美句句听得清楚。但他仍一如既往，若无其事地坐在那里，等他们喊完了，他才不慌不忙地将右手张开放在耳旁，将身子靠近刻遵，十分温和地说：“您说什么，我还没有听明白呢！”

刻遵满以为吼叫一通，就能震住对方，伊斯美就能答应他的条件，无论如何也不会料到伊斯美却来了个“耳聋对策”，气得直翻白眼，连话都说不出来。在谈判桌上，伊斯美坚持合理条件，始终维护着土耳其的利益，对列强代表的以战争相威胁的叫嚣，丝毫没有退让。经过 3 个月的谈判，终以土耳其的胜利而告终。

韦维尔以少胜多

墨索里尼建立非洲帝国的美梦破灭了。盟国的胜利来之不易。这归功于英联邦各国军队和非洲人民的英勇斗争，同时归功于智勇双全的英国中东总司令韦维尔将军。在敌我兵力极为悬殊的条件下，他凭着自己的智慧，用伪装和诡诈行动，扭转了战局，创造了第二次世界大战中以少胜多、以弱胜强的光辉战例。虽然后来他败于狡黠的对手隆美尔，并因此被解除中东总司令职务，但是他所创造的那种“独特的战争”，却被英国将领们广为效仿。韦维尔的事迹至今还在英国、非洲和全世界广为传颂。

1940 年至 1941 年冬季，暴风雨和浓雾保护了英格兰的城市。英国因此缓慢而稳步地恢复元气。当他们的力量恢复过来的时候，远在几千英里之外的利比亚沙漠中，精明强干、足智多谋的英国人，在韦维尔将军领导下，也取得了重大胜利。在遭到一连串失败之后，这样的胜利是鼓舞人心的。这一胜利也导致了伦敦监督处的诞生。这是英国第一个专门进行骗敌活动的国家机关。

独眼的韦维尔出生在温切斯特，体格强壮，是印度克莱夫式的人物。

丘吉尔领导英国军民进行不列颠战役之时，韦维尔成立对敌欺诈活动机构的计划酝酿成熟。兵不厌诈，作战时对敌人的欺诈活动是经常进行的。韦维尔总结了这种方法，同时指出，世界一切地方的一切行动，不管它们相距多么遥远，不管看来它们是如何互不相关，但彼此都会相互影响。如果在一个战场上对敌人进行欺骗活动并达到某一目的，那么，就要对其他战场的类似活动加以控制。要这样做，就有必要成立一个中央机构来监督、控制一切战区的欺敌行动。

韦维尔把他的建议写成《备忘录》，送交英国总参谋部。韦维尔在《备忘录》中说："从人追捕人的时代以来，战争的一切计谋和策略，都是人在人身上用过的几种简单诡计的变种和发展。"他粗略地把这些诡计分为四类：伪情报或伪装，以退为进，鼓励判卖和削弱敌人的士气。

"每一个司令官，应当经常考虑如何使对手误入歧途，利用对手的恐惧且使他们心慌意乱。"他说："一切欺骗的基本原则是把敌人的注意力引向你想要它注意的地方。高明的魔术师用的就是这些方法。"所有这一切"都是迫使敌人做些有利于我们行动的事。例如把他的后备队调到错误的地方，或者不肯调到应该调去的地方，或者诱使敌人浪费精力”。

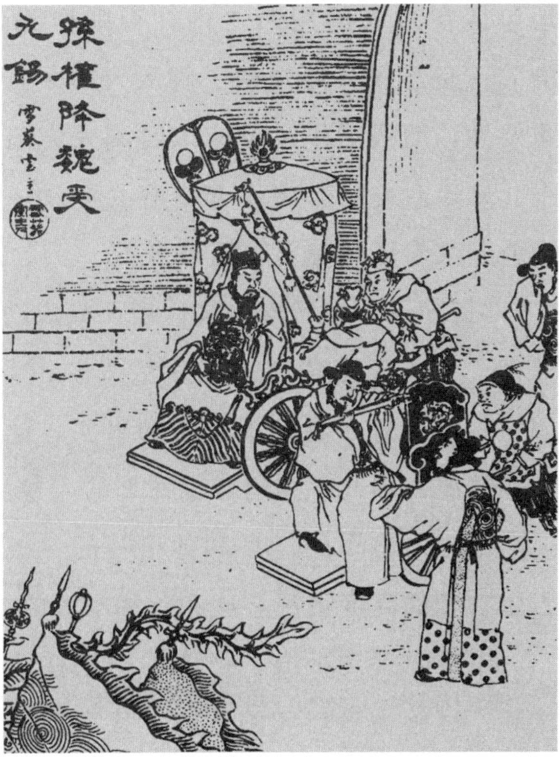

孙权降魏受无锡

韦维尔《备忘录》广泛地谈到欺敌的方法，即特殊手段，包括可以用于转移敌人注意力的视觉、听觉，甚至嗅觉方面的计谋。《备忘录》还讨论了一个无比有效的策略——讯号欺骗。敌人能够从无线电通讯、电台的位置、不同环节所用的密码类型和通讯量来推断部队实力的大小、性质和目的。有时，为了欺骗敌人，须使敌人从它所截获的讯号、所得到的印象同敌人从其他欺骗来源得到的印象一致。

欺骗成功的另一基本因素是，“它必须看起来是可信的。除非透露给敌人的明显意图已经完全合情合理地包括在敌人的判断之内，否则诈骗是达不到目的的”。《备忘录》还强调了解敌人司令官的心理状态的重要性，情报工作人员应该时刻大力追索这一级的情报。知道对方一个将军非常容易激动，比知道他某年毕业于某参谋学院要有用得多。

《备忘录》最后着重说，使诈骗成功的辅助手段是保密。将诈骗掩藏起来不让敌人知道是绝对必要的。因为，倘若敌人看穿了虚构的事实，他就能够推断出真实情况。因此，知道诈骗计划的人愈少愈好。

韦维尔将军的意见和他所写的《备忘录》受到丘吉尔首相的高度重视，这和首相本人的想法完全一致。

韦维尔得到批准，把他的理论在北非战场进行了试验。试验为日后实施战略、战术和使用诈骗技术提供了有价值的经验。韦维尔率领的作战部队，面对着数十万人的意大利法西斯部队，比例是 1∶10。

对英国来说，控制地中海是重要的，它是大不列颠帝国的“生命线”。通往苏伊士以东的自治领和波斯湾油田的最短航线，都要穿过地中海。墨索里尼在 1940 年 7 月 10 日向英国宣战后，立即制定计划，企图从利比亚向东，从意属东非向西北，从两个方面大规模出击，切断这条生命线。墨索里尼深知，切断这条生命线，就等于卡住了英国在非洲的咽喉。为了攫取英国在非洲的殖民地，他在利比亚驻有完全处于战备状态的 20 万军队，在红海国家驻有 10 多万军队，加上阿比西尼亚，墨索里尼在非洲的总兵力约有 40 多万。同这支数目庞大的法西斯军队相对，韦维尔手下的军队仅有 36000 人，计有一个不完整的坦克师，以及在中东、波斯湾和东非担任卫戍任务的几支小股部队。这些部队中，很多人没有经过军事训练，或者是土著武装，或者是行政人员，几乎都没有完成作战准备，而且迅速得到增援的前景是渺茫的。英国本土在严阵以待，希特勒正对英伦三岛进行狂轰滥炸，各条战线都很吃紧。人们都指望韦维尔将军用这支力量去守卫、确保和防卫英联邦在下列地区：埃及、苏丹、巴勒斯坦、约旦、塞浦路斯、法属和英属索马里、伊拉克、亚丁、肯尼亚、乌干达、坦噶尼喀、叙利亚和黎巴嫩等。

对韦维尔说，墨索里尼不是英国人在近东的惟一威胁。韦维尔预料希特勒随时有可能进军巴尔干，以控制地中海北岸，甚至直接出兵非洲。如果出现这种情况，英国的处境就更加险恶了。当前只有一个因素对韦维尔是有利的，那就是，不论德国人或意大利人，都不知道英国在这地区的实力多大。为了虚张声势，欺骗敌人，英国曾经煞费苦心地大力渲染这个地区的巨大潜力。所以，墨索里尼和希特勒都认为这很可能是真的，这对当时和以后都产生了重大影响。然而，仅靠这些，还不足以对付墨索里尼咄咄逼人的威胁。韦维尔记起，在1917年加沙第三次战役中，英国人曾用诡计摧毁了奥斯曼帝国。当时，韦维尔是埃得蒙·艾伦比爵士手下的一名军官。现在，面对强大的敌人，为了取得战斗的胜利，他不得不再次运用诡计，变得狡诈了。

面对墨索里尼即将开始的大规模进攻，伦敦统帅部在短期内还不能派出部队前来支援，丘吉尔只派来了一个杰出的军官参加了韦维尔的参谋部。他是达德利·兰格尔·克拉克准将。他当时41岁，和平时期是个律师和关于布尔人和爱尔兰人“叛乱战术”的研究者。在敦刻尔克海上大撤退之后，克拉克应丘吉尔之请，曾负责起草过一项《备忘录》，促成了突击队的建立。现在他要用他的机灵的头脑和律师的技巧，帮助韦维尔用狡计欺骗意大利人了。

墨索里尼对英法宣战后，即指令意大利参谋总部，从利比亚进攻英国军队，从而展开了他们的非洲战役。鲁道夫·格拉齐亚尼元帅的部队，于1940年9月13日，沿着海岸的狭窄前线进入埃及。英国人退却了，而且韦维尔似乎不大可能在英国海军基地亚历山大港以西的远处阻止格拉齐亚尼前进。在众寡悬殊的情况下，韦维尔认为，硬拼是不行的，只能靠智力取胜。

在韦维尔总司令的授意下，克拉克准将具体领导各个小分队的欺诈敌军的工作。他们假造了一支强大的军队：用数百个橡皮做的巡逻坦克，它们能够装进板球袋里，然后取出，像气球那样打进气去；“野炮”可装进饼干盒内；“两吨重”的载重卡车和发动机，放掉空气后还没有弹药箱大。在一次初级战术诈骗中，克拉克的工程兵修建了假公路和制造了坦克履带痕迹。公路一直修到西迪巴拉尼以南靠近格拉齐亚巨尼的军队驻地。然后，他们领来成群的带着骆驼和马的阿拉伯人，后面拖着耙形装置，掀起漫天云状灰尘，从空中观察像移动中的庞大的坦克纵队。

为了探听虚实，意大利的飞机飞来空中摄影。但高射炮使他们不能低飞，这样就阻止了他们侦察出地面上到底是怎么回事。当照片冲洗出来之后，格拉齐亚尼发现，在他的右翼像是有强大的坦克和大炮群，而且比他自己的坦克和大炮还要多得多。这位墨索里尼的元帅还获得情报说，来自伦敦、印度和澳大利亚的增援部队正在途中。格拉齐亚尼害怕了，他担心侧翼受敌并被坦克部队切断。于是，他随即命令他的部队，沿着亚历山大公路掘壕防守，停止进攻，静观局势。

对此，墨索里尼大发脾气，对前线指挥十分不满。尽管这位法西斯领袖一再催促尽早发动进攻，但是格拉齐亚尼仍不敢轻举妄动。从齐亚诺的日记里可以看到“领袖”与将帅之间的矛盾。

“1940 年 9 月 16 日，在埃及前线，进展缓慢，墨索里尼焦急不安。他对前线司令行动迟缓感到恼怒，这样可能使我们得不到战利品。其实真正的战斗还未开始，只是一些后卫战而已。”

“1940 年 10 月 12 日，领袖归来。他对格拉齐亚尼非常生气，因为这位元帅对领袖要他发动进攻的命令又一次答复得拖拖拉拉。领袖说要撤换他，并提名让梅塞将军和韦尔切利诺将军接替他。”

“1940 年 10 月 16 日，收到格拉齐亚尼元帅的报告副本。他说，在埃及重新开始进军至少需两个月。我立即将此件交给领袖。我可以想象得到他的愤怒心情。”

时间就是生命。韦维尔和克拉克持续采用这些战术，推迟了墨索里尼军队的进攻，使英国军队有足够的时间进行准备，并接受从英国来的增援部队。韦维尔极其秘密地调动部队，然后于 1940 年 12 月 9 日出击。这次进攻是二次大战中最大胆的战役之一。尽管格拉齐亚尼的军队处于绝对优势，结果全面退却了，而韦维尔的军队前进 650 英里进入了利比亚。到 1941 年 2 月 7 日，已俘获 3 万战俘、400 辆坦克和 1290 门大炮，虽然韦维尔从来没有超过两个师的“沙漠耗子”——这是沙漠中英国军队的代号。韦维尔的胜利如此巨大，而损失却小得惊人。他手下只有 500 人死亡，1400 人受伤，55 人失踪或被认为当了战俘。

同时，在意属东非的英联邦小部队，仅以 135 人死亡、310 人受伤和 52 人失踪的代价，在另一次大胆进攻中，俘获了阿奥斯塔公爵军队的 50000 名士兵。意大利的军队垮台了，在韦维尔前后发动的两次大战役中，共歼灭敌军 20 多万。墨索里尼建立非洲帝国的美梦也随之破灭了。英国的这些胜利产生了很大的影响，意大利军队从此一蹶不振，再也未能恢复元气。

此后，由韦维尔开创的欺诈战术，在非洲和地中海广泛使用。后来丘吉尔首相把它命名为“特种战争”。它在打击敌人、保护自己方面，发挥了重要作用。

1941 年 3 月中旬，“超级机密”又提供了情报。使英国取得二次大战中第一次舰艇战斗的胜利：马塔潘角之战。侦讯电台破译了德国空军和意大利舰队的“哑谜”密码电讯。侦讯电台透露，德国人和意大利人计划对英国在地中海航行的支援韦维尔的船队进行大规模的袭击。它甚至透露了进攻的日期：1941 年的 3 月 27 日。停泊在亚历山大港的地中海舰队总司令安德鲁·坎宁安将军得到“超级机密”的情报后，会同韦维尔商量决定，命令那里的英国分舰队——3 艘战列舰、1 艘航空母舰和 9 艘驱逐舰——生火待发。为了不让滨海的轴心国特务觉察舰队的意图，坎宁安身穿便服、带着他的高尔夫球棒上了岸。天一黑，他就秘密回到舰上，然后他派一架森德兰水上飞机去侦察意大利舰队的维托里奥·纳内托旗舰，使意大利人相信，英国人是从空中侦察而不是靠破译密码觉察到它们从那不勒斯出港。

3 月 28 日，坎宁安率 4 艘巡洋舰和 4 艘驱逐舰同他们的分舰队会合。英国舰队在马塔潘角外同墨索里尼的舰队交战。德国空军还没有来得及帮助它的同盟者，大部分意大利舰只就已被击沉，或被严重击伤。“超级机密”再一次帮助英国人取得了重要的战略优势。正如丘吉尔所写的：“马塔潘角这一及时的和值得欢庆的胜利，在那严重时刻排除了墨索里尼在东地中海对英国海军制海权的挑战。”

就这样，在 1940 年至 1941 年英国孤军作战的困难日子里，中东总司令韦维尔正是运用“欺诈”手段打败了一心要在非洲称霸的墨索里尼，几乎使他全军覆灭。最后，这位专制魔王不得不屈尊向希特勒紧急呼救，请纳粹德国尽速派出军队帮他扭转战局。

蒙哥马利巧演空城计

第二次世界大战中的北非战场，既是交战双方瓜分殖民地和势力范围的厮杀，又是为了从南侧对地中海控制权的争夺，具有特殊的战略意义。到 1942 年 8 月，北非战场已经发生过五个回合的较量，英军与德、意轴心国军队打成三负两胜，英军暂时处于不利形势。

为了挽回败局，丘吉尔改组中东战区的军事领导，8 月上旬任命伯纳德·蒙哥马利中将担任第 8 集团军司令。蒙哥马利到任后，立即整肃队伍，鼓舞士气，制订了周密的作战计划。并指挥部队经过一星期鏖战，击退了隆美尔指挥德军发起的狂涛般的进攻，迫使敌人转攻为守。

德意轴心国军的防御地带位于阿拉曼西南，蒙哥马利决定对阿拉曼发动大规模进攻。为保障战役的突然性，不让敌人摸清主攻方向，蒙哥马利在战线南段的后方排演了一场空城计，以吸引敌军注意力。英军制作、配置了大量的假辎重卡车、坦克和军火库，铺设了一条长达30公里的假输油管，修筑了一条与输油管平行的模拟铁路，还在那里频繁地使用电台，故意透露要从战线南段发起主攻。这样使得敌人天上的飞机侦察照相和地面的无线电侦听都受到空城计的迷惑。

1942年10月23日夜，英军在整个阿拉曼战线上发起全线进攻。交战双方打得很残酷，但由于英军成功地使用了空城计，始终占有主动。11月4日，德意军全线溃败。阿拉曼战役成为第二次世界大战中英军取得胜利的决定性重大战役，德国从此丧失了对北非和地中海的控制权。

赚钱没有不可能

有些商人不愿被称为发起者，但我现在要谈的金诺·鲍洛奇却不介意。他喜欢发起人这种称谓。其实他正是这种人。

如果一个人被人们称为发起人而不变成了疯子，那么他就是真正的一个发起人，这是辨别一个真正发起人的特点的主要办法。

数年前，鲍洛奇在他的一本自传中，详细说明他跟另一位发起人史坦·佛里贝格（讽刺诗人、作家的和电视广告设计家）的关系。鲍洛奇聘请佛里贝格为他的公司——重庆公司制作广告，宣传该公司的产品。他俩曾打赌：如果重庆公司的产品在一连串广告后销路不能大为增加的话，佛里贝格将用黄包车拉着鲍洛奇在洛杉矶的辛尼加大道上走。如果销路增加，鲍洛奇就同样拉着佛里贝格走。

结果销路增加了，佛里贝格被鲍洛奇用黄包车拉着走。鲍洛奇果然实践诺言，因为这件事正为他的公司宣传。

这是发起者们的花招。很难想象其他公司的董事长们，会在街上用黄包车拉他们的同事走。因为这样做，会有损他们的个人尊严，有损公司的声望，但这是的鲍洛奇等发起人们的特点，他们不怕受窘，必要时，怎么做都可以。

佛里贝格曾说，鲍洛奇是一个“非常粗野的发起者”，而鲍洛奇却不以为然。他曾把这项称呼，与他的哈拉第欧·阿及尔奖章和其他荣誉相提并论。

像滕纳一样，鲍洛奇出身贫贱。他的致富之道不是发起观念，而是发起物品——事实上，他们发起的，是日用品中最基本的一种：食品。

对外行人来说，食品商业可能是最稳定而又有点令人厌烦的事业。鲍洛奇则说，这是一种伟大而怪异的事业。

一位广告商曾说："替鲍洛奇做事，实在难。但个人来说，我喜欢他。他是个疯子。"

鲍洛奇是来自明尼苏达州的一位发起人。他对民众影响很大，而且他以此自豪。他的观点是：一个人活在世界上，没有一点作为，不能把人们煽动起来，那他的生活便不会有趣味可言。这不仅是他个人的哲学，也几乎可说是他的事业策略的主要推动力。他欣然自谓："我是一个兴风作浪者。我相信这可能是我能成功的主要原因。我做了每个人都认为做不到的事。而且我做这些事的方法，使每个人都说我疯狂。如果有个年轻人到我这里来，问我他怎样才能致富，我就会同样的教导他。凡事不要跟别人学，不要气馁，多少要有点疯。"

战猇亭先主寻仇人

鲍洛奇坚守他的信念，80 年代，他曾写了一本书，名为《怎样马上可赚一亿元》。在这本书里，他畅述他的哲学，并催促新一代的向上爬的商界人士接受他的这一哲学。无疑地，鲍洛奇是靠着他的这种哲学起家的。

鲍洛奇五短身材，很结实，头发清秀，说话声音宏亮，笑得动人。像本书中所说的其他人一样，他也是白手起家，出身寒微。事实上，他生长在一个濒于饥饿的家庭。最后，他成了大老板，当了重庆公司的独资创办人。这家公司制造中国食品，是在美国兴起的最成功的一家大量制造中国食品的公司（据所知，也是世界上任何地方——包括中国——最大的一家）。今天，已拥有一亿美元以上的财产了。

鲍洛奇开设中国食品公司（特别是在明尼苏达州开设）当然要有很大的胆识才行。他能获得成功，证明他有更大的胆识。让我们看看这位明尼苏达州的发起者是怎样成功的。

鲍洛奇（后来他改名金诺），于 1918 年生于明尼苏达州北部，一个很小的铁矿镇上。当他找到了一份工作的时候，他父亲在做矿工，据鲍洛奇回忆说，在若干年中，他每四星期才有一个星期的工作。年轻的鲍洛奇，那一时期赚钱帮助维持家庭的清寒生活。他到矿坑去寻找一种矿苗样品，卖给观光客。十几岁时，父亲的健康日劣，而大多数的铁矿都因大萧条而关闭，这一家人遂决定做杂货生意弄点收入。年轻的鲍洛奇帮助家人开了一个杂货店，家人也住在这杂货店里。他这商店兼住家，用从电话公司千方百计获得的西洋衫做屋基，商店就设在前面一间屋子里。这间商店很小，家人们每天长时间工作，所获利润尚足维持生活。

十四岁时，鲍洛奇下课后在家庭附近一个大商店里工作——这家商店是达鲁镇的一个超级市场连锁的一部分。开始时，他只是一个店员和干劳力活儿的孩子。他被派去搬运东西、从卡车上卸货、扫地，所得报酬还不恶。但当客人们问他关于食品问题时，他发现自己能说善道，好像就是在当推销员，而不像一般市场干苦力活儿的孩子那样，只能简单的答复客人的问话。他回忆说："我不禁鼓起如簧之舌，大肆推销食品的生意，我开始着迷，我很希望参加这一行业。"

换一种说法，就是此时他已开始发现自己有作为一个推销员的天才。回顾孩期时代，他发现远在他开始销售食品之前，他的心中便早已有了作为推销员的欲念了。例如当他向观光客人推销矿苗样品时，他把各种色泽不同的样品装在玻璃瓶内，以提高这些样品的价线。装在玻璃瓶内的矿苗样品，显得很美观，所以每瓶可以售一元或一元多——比包装较差的同样样品多四倍的价钱。这是典型的推销员的花招：用一种略为不同的方法推出他的物品，使之增加价值，在竞争上占先半步。但年轻的鲍洛奇，当他在铁矿矿坑中物色样品时，他并不知他已学习到一种技术，这种技术将来会使他成为亿万富翁。

食品商店的经理很快就发现鲍洛奇有当推销员的才能，于是把他调到别的职务上，以便他能和公众作更多的接触。他在高级中学最高年级那年，他被邀担任这一超级市场连锁总公司的水果摊主持人，条件是他不但可得到工资，而且可得到佣金。这位羽毛未丰的推销员，对于这份工作很喜欢，他立刻答应了。

现在，他的发起欲盛开了花朵。有一次十八篓的香蕉因冷藏工厂发生意外而被热坏，但这批香蕉仍可食用，只是香蕉皮变了颜色，老板就命他设法以任何价钱把这些香蕉推销掉。

那时，完好的香蕉普通每四磅二角五分，老板要他开始时不妨每四磅一角九分，如果没有买，可以再便宜些。

但鲍洛奇此时已到推销员的年龄。他忽然有一种奇想。没有告诉老板，他就把那批蕉皮发黄的香蕉集中在外面，大声叫卖说：“阿根廷香蕉！”

其实，阿根廷并不产这种黄皮的香蕉。可是“阿根廷香蕉”，对一般顾客而言是新鲜的，大家以为阿根廷香蕉必然很名贵，于是大群的人聚集在鲍洛奇的黄皮香蕉周围。他使群众相信，这些皮发黄的香蕉是一种新水果，美国从来没有进口过。他就准备以每磅十分的价钱，出售这批香蕉（比完好的“阿根廷香蕉”价钱高一倍）。在三个小时内，他便把十八篓香蕉卖光了。

无疑地，在老板的心目中，这位来自铁矿，原籍意大利的短小年轻人，天生是一位食品商人和推销员。但鲍洛奇对于自己能否干此行仍有怀疑。他在水果摊上赚得足够的钱，可以使他完成大学教育，后来他选择了法学。在当时，地位崇高的行业，如律师和医生等，颇能吸引出身微寒青年们，这可能就是鲍洛奇选择法学的原因。他父亲以带病之身，在铁矿中工作。但经过了一年半的时间，鲍洛奇检讨自己，认为自己所向往的并不是地位，而是金钱。

在他的书中，记述着一段插曲，在他大学第四学期注册时，他开着车子到学校去。但却开着车子在校园兜圈子不知要怎样做才好。

书中说：“我听说，做个好律师，每年可赚一万五千元或者多至十万元，但一个商人，或许能把这世界变成他的天下。”

在他的生活中，这时他面临着重大的抉择，他自己也知道，这一选择不只是律师和商人的选择，而也是安全与冒险的选择。一条路通往稳定、舒适的职业，沿循着这条路，一个年轻人走向一个已知的目标，另一条路通往何处谁也不知道了。

当时鲍洛奇当然不知道他将赚得一亿元，但他的意识正如书本中所提到的其他人的意识一样，那就是不能靠工资致富。工资不会使你真正的富有。你可以靠工资安全的生活，但如果你想成为富豪，你必须退出靠工资生活的世界，步入一个高度危险的世界。

鲍洛奇未注册即离开了校园，他去一家杂货店当一名旅行推销员，他所得到的代价是佣金，这是他拿手的赚钱之道。不久，他就升为比旅行推销员更高的位置，成为高级推销员。他不再向某一商店推销物品——这种方法，已使世界大多数年轻的推销员感到满足——而是发明了一种方法，把各地的大批商人召集在一起，使他们相信，若大家合作，大量购买物品可以节省很多钱。于是商人们便成车的大量购买鲍洛奇所推销的物品。

他更劝说商人们应当立即购买这种或那种蔬菜，不要等下个月再买，因为下个月一定涨价。如此，他又增加了他的销路。为了达到劝说商人们立即采购的目的，他便以他的老板的名义，向各地商人发出电报。电报里面警告若干商人们说某些东西将涨价，于是商人们纷纷向他大量订购。

他的表现极优，所获佣金亦多，以致老板给了他一个选择：今后完全靠薪水呢，还是离开公司。后来这位才二十多岁的青年比该公司老板赚的钱还多。

薪水？鲍洛奇觉得这是可笑的。于是他离开了这个工作，回到他的故乡。这时他已在银行里存了很多钱。他已准备自行发展食品事业了。

他研究过各种食品——包括大蒜生意。后来他终于从事大蒜生意，这一生意便成了他致富的基础。这是一种奇特、秘传的事业。多数食品商都不认为这是一桩可以大量制造或有厚利可图的行业。事实上，达鲁镇大多数商人都认为，大蒜食品并不是一种生意，而只是一种微不足道的流行嗜好而已。

有一天，鲍洛奇意外地听说，明纳玻利斯有少数日本侨民在花园里种植古老的东方蔬菜：豆芽。那时二次世界大战仍在进行中（鲍洛奇因膝部疾病而未被征召服役），由于市场和运输的停顿，某些地区很难得到蔬菜。鲍洛奇听说，那些日本人能把他们生产豆芽的全部卖出而毫不费力。

鲍洛奇就和一个年龄比他大的人说这件事。这人名叫比夏，是的鲍洛奇曾工作过的第一个食品市场的主人。比夏是来自奥地利的移民，他早已准备摆脱食品零售生意，把钱运用到其他生意上。卖豆芽的想法最先使他感到惊奇，但他曾新眼看见鲍洛奇卖阿根廷香蕉，并相信鲍洛奇能推销任何东西，因此他同意与鲍洛奇合伙。

守江口书生拜大将

鲍洛奇把储蓄的钱提出，又借了二千五百英磅，作为合伙资金的一份。这两位合伙者，就把比夏的商店后面地方，变成一个水耕菜园，设有一排贮满水的水槽。他们雇用了几个日本人当顾问和园丁，到德克萨斯州和墨西哥去买所需的豆种。鲍洛奇并和几位食品加工商接头，达成交易，由加工商购买鲍洛奇和比夏的黄豆芽，制成罐头，卖给零售商店。一种新事业于此开始。

当时达鲁镇上的人打赌说，这行业维持不了六个月，但黄豆芽生意很好。不久就需有更多的水槽，因为鲍洛奇——比夏的产品供不应求。此时鲍洛奇又另求发展，他听说，一些商人合伙与军方订约，为军方把山薯去水。他与这些商人接触，问他们是否对订约生产黄豆芽有兴趣。

商人们说："我们对于黄豆芽毫无所知，我们从未见过。"

"不要紧，"鲍洛奇说："我的合伙者和我一直在研究如何生产。我们已知道全部过程，没有什么困难。"

于是，这些商人就租下达鲁镇一栋楼房的两层，设置了很多水槽，生产因而大量增加，鲍洛奇也努力推销。他为黄豆芽制造了一篇使人大感兴趣的历史，以生花妙笔，对黄豆芽加以歌颂。他散发黄豆芽订单，他不仅向食品加工商销售，也直接向餐馆和零售商推销。

后来他发现，若是根据合约制造黄豆芽罐头，而不直接把黄豆芽售给加工商，他和他的伙伴可赚更多的钱。于是他就打电话给威斯康辛州一个食品包装商，与之订约。此约规定每装一个黄豆芽罐头，加工商可取多少费用——但罐子要鲍洛奇去准备，在战争期间，一切金属都要归军方使用，对民间则实施严格的配给制。

鲍洛奇仓促地前往华盛顿，与作战生产局商谈。他自我介绍为“黄豆芽生产者协会”会长。这一名称，是他跟比夏为他们的合作而取的。华盛顿官员们听起来，这个组织好像是一个农民合作组织，而不是两个人合作的，于是作战生产局随让鲍洛奇获有数百万个略有损害的锡罐。

鲍洛奇把他的黄豆芽罐头起了一个东方名字：“芙蓉”。虽然那时与他合作的人中没有一位是东方人。他的这一事业不断发展。他和比夏便买下一家古老的豌豆罐头厂，加以改装，开始自行制造他们的黄豆芽罐头。

后来鲍洛奇认定，推展芙蓉罐头产品是一个好主意。他把芹菜和其他蔬菜也加在黄豆芽里，可以制成混合罐头。

“芙蓉罐头到底是什么东西？”一位食品商大老板问他的公共关系顾问：“那是中国人办的吗？”

“不是中国人办的，”那公共关系顾问答：“是由一个意大利人和一个奥地利人办的。工厂中的大多数人，都是在明尼苏达州的瑞典人。”

“你骗我，”老板说：“那些凹凸不平罐头到处都有。其中必有人是世界上最好的推销员!”

事实上可能正是如此。

有一次鲍洛奇也吃了亏：有一年，他决定垄断芹菜市场，他悄悄在芹菜季节中，把全国生产的芹菜几乎都买下，当时价钱很便宜，他想在季节终止后再卖出，可以卖得高价。近六十车的芹菜运到达鲁镇。芹菜运到时，他才发现全镇的冷冻设备不足以容纳这么多的芹菜。在他能转卖出之前，半数芹菜都坏了。

尽管有这种挫折，他的生意仍继续做下去。他做大梦，梦想着战后的繁荣会使他发大财。40 年代中期，他借了一大笔钱，把与他合伙的一份股权买下，他就成了这个奇特的小公司的惟一主人。他觉得“芙蓉”这个名称缺乏什么，便又取了一个新名，这个新名，读起来使人感到非常宏伟，新名是“重庆”。他开始在报纸和星期增刊中登广告宣传。他又把他的产品增加，包括东方食品炒面。他请母亲帮忙，对缺乏刺激味道的东方食品施以意大利调味法。（他曾说：“我自己从不喜欢炒面。”）他继续推广这种食品。

那时他的推销扩大到像“食品博览会”等全国性的市场连锁去。他设法使人们相信，“重庆”公司是一个庞大、资本雄厚的公司，有着庞大的现代化工厂。但事实上，他的公司现金很少，一部分原因是他为了推销要花大钱，另一原因发生了许多不幸的遭遇，如芹菜投机受损等。鲍洛奇的公司实际上是一间狭窄的小卧室，陈设简陋，使用别人不屑用的壁纸，每张节省几元钱。那家陈旧的豌豆罐头工厂已被焚毁了，重庆公司的产品，就在一间战争剂余物资的活动房屋里制造，但那些大顾客们，却都以为鲍洛奇，必是一个庞大建筑物的主人，有着光洁的厨房，而其办公室必是装饰华丽，设有古色古香的皮制家具，还可能有着可以俯瞰大湖的巨大风景窗。

鲍洛奇的公司，不像大顾客们想象的那样，但他梦想着有朝一日会那样。事实上，他确信总有一天这梦想会实现。乐观当然是一个发起者的特点。

有一天，“重庆”公司的名誉几乎毁掉。那天，鲍洛奇在“食品博览会”超级市场首席买办的办公室时，他想说服那位买办，使他相信“食品博览会”超级市场连锁应当购买重庆公司的产品，而不要购买与他竞争的产品，这位买办准备亲自尝尝数种东方食品，看看重庆公司的产品是否真的有独到之处。鲍洛奇拿出罐头启子，把一个杂菜罐头启开。

打开罐头，赫然发现一只被煮熟了的蚱蜢，幸亏这位买办没有看到。

这是意外的事，就算是最大的食品加工公司，亦在所难免。重庆公司的厨房虽然设在一座活动房屋里，事实上却和任何一家公司的厨房一样清洁。但鲍洛奇惊讶地注视着这只蚱蜢，意识到他的公司的信誉已在高度的危险中。

他迟疑半秒钟，就拿起一个匙子，满脸带笑说："你看多么美好，我要先吃一口。"他吃了一匙，连同蚱蜢一并吃下，这才安心。

他以后谈起这件事时对人说："我并没有觉得那蚱蜢不好吃。"蚱蜢的味道已因"食品博览会"超级市场选择了重庆公司的产品而消失掉了。

这家公司由此便日益扩大。销路开始每年增加百分之十以上，后又每年增加百分之二十。鲍洛奇对于他的公司的宣传，一向重视——这是任何一个由推销员的道路慢慢爬起的商人的自然倾向。他在宣传方面，经常干预他的广告顾客们，此致顾问们感到不快。一位纽约广告商说："他总是站在我旁边，监督我的工作。"在该公司的历史上，该公司至少换了十二个广告代理公司。

广告商和鲍洛奇不能相处，不仅是因鲍洛奇常干预他们的作法，也是因鲍洛奇喜欢作夸大古怪的宣传。他的说法是，重庆公司没有足够的钱来从事全国性的饱和性宣传，只有在小规模的宣传中，尽量发挥效果。

这等于说，他的广告必须与众不同，必须使人容易记得。很多广告代理公司不同意他这见解。他们所讲求的是安全、实际。

于是的洛奇不断更换广告公司。直到50年代遇到了史坦·佛里贝格，才算遇到了志同道合的人。佛里贝格在很多方面很像鲍洛奇，他也是个标新立异的推销员，新鲜事务的发起人。不顾广告顾问们的劝告，鲍洛奇聘请佛里贝格为重庆公司做宣传广告。

重庆公司终于成了一个富有的大公司。

数年来，有许多其他公司和个人，想买鲍洛奇的公司的股权。第一次是在40年代有人提出这项建议，那人愿付鲍洛奇二万五千元，购下该公司股权的一半。那时鲍洛奇很需要有这么一笔现钞，但公司等于是他的身价，他要公司属于自己所有，于是他拒绝了这个建议。后又有人出四百万元，也为鲍洛奇拒绝。他知道还会有人出更高价。最后到1966年，雷诺烟草公司向他接洽。

像其他烟草商一样，雷诺烟草公司也做其他生意，它设置了一个部门叫“雷诺食品”公司，此公司忙着吸收较小的食品公司。雷诺公司表示，如能将重庆公司合并，那是该公司很乐意的事。

那时鲍洛奇才四十八岁，他尚无意退休，所以他不愿与雷诺公司打此交道。他慢慢行事，已准备拒绝雷诺公司的这个建议，就像过去几年拒绝其他作此种建议的人一样。不过，如果条件很优厚，他并不在乎卖出重庆公司。他还有其他事可忙——包括规模虽小但日益扩大的意大利食品公司和金诺公司。他在数年前开创这些事业，但他觉得从未对这些事业付出足够的注意力。

最后他终于把他们的重庆公司卖给了雷诺公司，代价是六千三百万元。

他把这钱用在其他事业上和他个人财产与投资中，因此使他的财产总值达于一亿元以上。这位明尼苏达推销员，来自铁矿的孩子，便成了非常富有的人了。

他拥有了如此财富，是因他能做别人认为不能做，不可能做的事。

谁说办不到？

有一件事，曾轮番的在许多豪富的生命里发生。在阅读本书时，你一定已留意到这一点，而且，你还会继续不断的看到它。那就是几乎每一位财富惊人的大亨，在创业开始，都会遭遇到激烈的嘲弄，不管他打算做什么，所有的专家们都会满怀信心的说，那是办不到的事。

当年，人们就断然的对爱德温·蓝德说，要制造出一架能直接取出照片的相机，这种想法就可笑极了。再者，吉姆斯·林突发奇想，要把他那家小工程公司的股票，公开的推销给一般大众，也引来了全德克萨斯州的嘲哄。霍华·休士要投资拍电影时，好莱坞为之骚动，莫不加以讪笑，以为愚不可及。这类的事件，如此这般的，层出不已。显然的，要成为一位富有的大亨，非具有超人的坚强意志不可。你不但需要有构想；而且，还需对这个构想有极其坚定的信心。这种信心，必须能在长年的讥笑、嘲弄和悲观的摇头惋叹之下，屹立不摇。

我们几乎可以断定，今天，在街上的行人中，就有人本可以变成亿万富翁的，只是他缺少了这种坚强的信心。这个人可能在去年或十年前，就曾经有过一种赚钱的构想。但是，他因受到专家们或非专家们的劝说或讽笑，而放弃了他的构想。以致今天仍默默无闻。说不定，哪一天有另外一个人，也产生了同样的构想。他却能以他的信心去加以实行，说不定很可能他在将来会被列入豪富之林。

如果你也曾有过某种可能赚大钱的构想，上述的这一点是值得你深思的。作家兼哲学家约翰·肯特曾在《无限制成功》杂志上发表过下面的这篇文章，将此一论点，发挥得淋漓尽致。这本杂志的发行人，就是杰出的克里门·史东先生。

如果你过去曾经下断语，或发表过一种意见，后来被证明是错误的，如果你有悔恨当初轻发高论的心情，你实在用不着难过。世界上最伟大的思想家、科学家和企业家们同样会公开发表过一些言论，后来又恨不能从印刷出来的纸上把它擦去，而这类的言论经常是悲观的。

当然，这并不是没理由的，心理学家和社会学家指出，任何新的东西都会搅乱我们日常的思想。因此，我们会不自觉地拒绝新的观念和新的产品。

无疑地，第一个发明轮子的穴居人，也会受到他的伙伴们的嘲笑，“那是行不通的！”

大多数发明家和其他具有创见的人，对一般人否定的反应，都会认为是意料中事，并不足为奇。使他们震惊的是，竟遭到专家们的反对，就有点出人意外了。

当一种发明成功了，或一种发明经实际应用证实它是正确的，这时候，那些专家们——常是些受人尊敬的科学家和有地位的企业家——会恨不得他们不曾说过任何话。然而，已为时太晚。由于他们的地位和

陆逊火烧七百里

声望，他们的话已列入言论，在未来日久天长的岁月里，谁都找来一读。

例如，布西博士——一位居于领导地位的美国工程科学家——在1945年在国会委员作证时，谈到制造射程三千英里，装配核子弹头，高角度的火箭计划，曾说这个计划应该“想都不要去想”。十年后，洲际弹道飞弹出现了。而且，它装的是核子弹头。

大人物们对飞机所做的错误评论，大概算是最多的了。有些人说，它永远飞不起来。另外一些人，后来让步了，虽说它会飞起来，但仍然认为派不上什么用场。例如：

1870年密尔顿·莱特主教宣称：“飞机是天使的

特权，人动这种脑筋，是亵渎神明的事。”如果上面这个名字使你有似曾相识之感，那是应该的。莱特主教正是飞机发明人莱特兄弟的“令尊大人”。

就在莱特兄弟进行他们第一架飞机实验工作的时候，有一位知名的美国的天文数学家，西门·纽甘姆教授也公开发表飞行是不可能的理论，他并作详细的论述。在一篇主要的文章中，他写道，“要证明不论将现有的物质、机械的形式和力的形态，做任何可能的组合，也凑不出一部实用的机器，让人能在空中做长距离的飞行，对作者来说，这就像可以完整的证明任何物理的事实一样。”

1910年，法国军事领袖，佛第南·福熙元帅看完这一场飞行表演之后说：“把它看做一种运动，倒也不错。但飞机对陆军将一无用处。”

1922年，富兰克林·罗斯福总统还在做海军部助理部长时曾说：“在战争状况下，一架飞机，甚至一队飞机，要想成功的击沉一支海军舰队，是极不可能的事。”

1939年底，海军少将渥德华曾说：“说到用炸弹炸沉一艘船，那是办不到的事。”两年后，珍珠港事件发生了……

爱迪生为改进和制造实用电灯，在漫长的岁月里，受尽了那些只看到失败的一面的专家们的奚落和讥评。有一次，某大都市一家报社的编辑，得知他的报纸刊出了一篇对爱迪生实验的表示乐观看法的特写，他大为光火的谴责写这篇报道的记者说："你要知道，人们已经毫无疑问的证实，那一类的照明是违反自然法则的。"

也许这位编辑对未来所抱的信心是太少了，也许人们会以为同行的科学家，总该比较乐观些罢。不幸，对著名的史提芬工技学院的校长，莫尔顿教授来说，就不是那么回事。1897 年，他抗议另外一些表示声援爱迪生的努力的科学家们喊，"每一位对这个问题有认识的人，都会承认，这种努力显然的将归于失败。"

汽车的发展，几乎完全改变了人类生活的方式，但它所受到的揶揄，也不下于同期发展出来的飞机。仅是这种车辆自带动力的构想，就够人觉得可笑了——这些人中甚至有的人还是颇为博学的人士呢。

亚历山大·杜，那时是底特律城爱迪生公司的总裁，那时候亨利·福特便在他下面当主任工程师。福特刚开始从事他的汽车实验。杜总裁说要提升福特做厂长，条件是他不得再搞他那部汽车。他说："我不反对你搞一方面的实验；电是有前途的东西。但是，搞汽油——不行！"

琼斯·第普是一位铁路局高级职员，1899 年至 1928 年，曾担任纽约地下铁路中央系统主任。他曾警告一位亲戚，勿投资五千美元购买福特的股票，因为，“现在出来的这些玩艺儿，没有一样比得过马。”

那些曾怀疑汽车和飞机的专家们，并不难在近代找到有志一同的伙伴，他们是怀疑太空旅行的可能性的近代专家。举两个例：

一位顶尖的英国天文学家（他仍然和我们同圳，所以姑隐其名）在 1956 年夏天曾预言，人类可能永远无法进入太空，并说：“太空旅行根本是件无聊的事。”同年年底，苏联发射了斯波尼克一号进入太空。

就在苏联准备就绪，即将发射斯波尼克一号每天环绕地球轨道做十五圈飞行之际，美国最大的飞机制造厂之一的一位高级人员（因仍健在，亦姑隐其名）预言说，在 1990 年以前，载人太空飞行是不可能的事。五年以后，太空人格林乘着一艘太空船，绕地球飞行成功。你猜，谁造的这个太空飞船？就是这位高级人员自己的公司！

所以，倘若你曾有过几次……口不择言的说了几句难听的话，想到那些高高在上的大佬们也曾犯过同样的错，心头就该稍觉宽慰了。不过，你可能永远不会知道，由于你抱着这种看事的态度，不知已错过了几多机会。在对此反省时，大概你难免有几次会想道，“悔恨当初多此言！”

用别人的钱赚钱

钱能直接生钱，这是不容否认的事实，在妥善的经营和一点点好运的照顾下，亦可以运用钱来赚钱。但是，却不一定非是自己的钱才行。下面我们就要谈到最善运用此一魔法的一位行家，大亨中的大亨，丹尼尔·洛维格。

最初，洛维格也和你我一样，不过是一个普通的薪水阶级。最后，他的财产估计，高达三十亿美元之多！我个人的估计，他的财产大概在十亿美元左右(无论如何，这两个数字并没什么大不了的差异，它们都够令人头昏目眩的)。他能赚这么多钱，主要就是“利用别人的钱赚钱”。

我们不妨先用一个简单而熟悉的例子，来说明一下“利用别人的钱赚钱”的价值。设若你有一万美元用业投资于房地产。你在某一个拓展中的城市的边缘，找到了一块地，在这个地区，土地的增值率，比方说，是每两年为百分之二十五。

好啦，你怎么运用你的资金呢？你可以采取“现金政策”：找一块正好值一万美元的地，用现金把它买下来。两年后，再把它卖掉，拿到一万二千五百美元。结果你用自己的资金赚了百分之二十五。

这样也蛮不错。但是，如果你不用现金政策，而能利用别人的钱的话，你可以做得更好，这时你所买得不是一块价值一万美元的地，而是一幢价值四万美元的房子。你拿自己的一万美元做为预付金，然后以正常的抵押方式，向银行借贷其余的三万美元。

现在，我们来看看你这么做，结果有何不同。两年后你的房子，正如你的土地，也增值了百分之廿五。这幢房子的价值成为五万美元。你将它卖掉，还了银行的借款，仍然落下两万美元。结果是你利用别人的钱，所赚的不是百分之廿五，而是把你的资金增加了一倍。

当然，这个例子是过分简化了些。因为未把利息、税捐和掮客的佣金计算进去。但是，不论你怎么删减，显然的，用“利用别人的钱”的方法，比用现金的方法，所赚的钱要多得多。

“利用别人的钱”的缺点——这是难免的——是你要担更大的风险。如果你刚把地买下来，附近房地产的值就跌下来，这种办法就会把你弄得一身是债，骑虎难下。这时，你不是忍痛赔钱把它卖掉，就是背着债，一直到市场好转，而采取现金式的办法，就不会有这种麻烦。但是，正如我们前面所说的，而且在本书的后面还会一再提及，不冒风险，想成豪富是绝不可能的。

股票市场所谓的融资制度，是另外一种为人熟知的利用别人的钱赚钱的例子。在此制度下，你在购买上市股票时，可自你的经纪人，按交易金融借贷部分款项。股票市场的融资规定相当严格，几十年来，按法律规定，购买股票可以融资的百分比率，一直比购买房地产贷款之百分率为低。但是，仍有上百万的投资人经常利用融资购买股票。显然地，他们认为，即使是利用一点点别人的钱，也比不用好。

丹尼尔·洛维格一定会赞成他们的看法。现在，让我们看看他在事业上惊人的成就。

丹尼尔·洛维格是个极为神秘的人。他默默的住在纽约市曼哈顿区的一座五角建筑内，平常多半是从住所步行经过几个路口到办公室去上班。他已届七十五岁左右的高龄了，由于背部的旧伤，显得有些瘸，当他沿着人行道孤独而吃力地慢慢向前走的时候，人们很容易把他当成拿养老金过日子的孤老头子，出来呼吸新鲜空气的，平常在路上他很少和人讲话。有些记者不时的想借他步行的机会，跟他搭讪，但多半会碰一鼻子灰。他已多年来未和记者们说话了。

就算他和记者们搭腔，他也会习惯的将他自己的事讳莫如深。也许是有意的，不论事情重要与否，他都避而不谈。早在1957年，他破格的接受了《财星》杂志记者桑德斯的正式访问，该杂声曾自诩那是洛维格第一次将他一生事业的真象向新闻界发布。即使在那一次访问里，他还是没有改变他不愿随便说话的习惯。例如，桑德斯报导说，曾两度结婚的洛维格，没有亲生的孩子。事实上，他的第一任夫人却曾为他生过一个女儿。这件事重要吗？很难说。但这个特殊的小误差，说明了洛维格的性情。正如桑德斯在1957年撰写的报道中所说的："洛维格最突出的个性……就是他终

孔明巧布八阵图

身奉行不渝的怪癖：三缄其口。”

而今，他依然是沉默如故，连他的员工也一样。记者若打电话到洛维格的纽约总公司，总机小姐会客气的告诉他，没有丹尼尔·洛维格其人。至少，在他的总机门子上没有这个人，若进一步加以追问，她会说，好像有一个人偶然到公司来一下，大概就叫这个名字，但没有人确切知道他是谁，他是做什么的，我怎么样才能联络到他。

然而，事实上，确有洛维格其人。世界到处都能发现他的足迹。

他所拥有的商船，可能是全世界最大的船队——比尼阿卡斯和欧纳西斯的船队还大。这两位希腊航运大亨，比洛维格要喜欢出风头多了。因此，远比他显得多采多姿；但若说财富的聚积，洛维格就要比他们强多了。他的船队约有五百万吨，其中有五、六艘是世界最大的油轮。

洛维格其他的事业——包括全部独资或拥有多数股权计有：一连串的筹蓄放款公司、许多旅馆、办公大楼和其他海内外的房地产投资；从澳洲到墨西哥各地的钢铁、煤矿及其他自然资源的开发经营；在巴拿马和佛罗里达州的石油和石油化学工业炼油厂等。

这些庞大的包罗万象的家业，都是他一声不响的默默的聚积起来的。多年来，他和第二任夫人住在康涅狄克州的一个小镇德润的一所不显眼的住宅内。“我们几乎从未见过他们。”一位邻居说：“他们从未参加过镇上的鸡尾酒会或任何类似的社交活动。没有人能够确知他们到底是何许人。我还一直以为他们是银行职员一类的人——你晓得的，拿薪水过日子，可能手头有个四、五万美元，绝不会是什么了不起的大人物。”

四十年前，洛维格是个瘦高、粗野、英俊的汉子。他是 1897 年 6 月，出生于密歇根州的一个湖边的小地方——南海温。他父亲是一个房地产掮客，做投机生意的，生意还算顺手，但并不富有。年青的丹尼尔对大船小艇都非常着迷。九岁的时候，他发现一艘长廿六英尺的柴油机动船，沉没后就被弃置水底，因为售价连付打捞费都不够。他以廿五美元的代价把它买了下来，这些钱部分是他打工的积蓄，部分是向他父亲借来的。他设法把沉船捞了起来，又费了整整的一个冬天，把它给修好了。第二年春天，他把船包租给别人，赚了五十美元。这是他做船生意的第一次经验，他对这一经验的每一分钟感到满怀的喜悦——特别是由营利所获的心得。

在他才十多岁的时候，他的父母分居了。他归父亲抚养。这时，他父亲发现在德克萨斯州一个以航业为主的小城——阿瑟港有些作房地产生意的机会。于是，他随父亲迁居到那儿。由于仍然对船极为着迷，他高中未毕业，就辍学到码头上找了个工作。就这样，他东漂西荡的混了好几年。最后，在一家航业工程公司定了下来，他的职务是到各国各港口为船舶安装各种引擎。他很喜欢这份工作，而且发现自己是此中好手。于是，他开始利用晚间，为自己找些安装和修理的兼差工作。十九岁那年，他私人接的工作自己一个人已做不完了，于是就辞了公司工作。从此，他再没做过替别人打工的差事。

此后二十来年间，也曾有过好多个月，他真希望自己能有份差事。与我们在本书中以见的其他大亨不同的是，洛维格并不是一个少年得志的人。他在航运业里碰来碰去，做些买船、卖船、修理和包租的生意，有时赚钱，有时赔钱，他手头的钱一直很紧，几乎一直有债务在身，有好几次都濒临破产的边缘。他最倒霉的是二十九岁那年，在一次运货途中，一只盛装汽油的老爷油箱在船舱里爆炸了，他受了伤。“他在船舱里，”一位前任洛维格的公司职员说：“是因为舱中有两位船员被浓烟熏昏了，他跑进去把他们拖救了出来，这一次爆炸，使他的后半生一直受着背痛的折磨。但是，如你问他是怎么受的伤，他仅说，‘噢，我碰到一次意外事件。’许多人都以为那是一次车祸呢。”丹尼尔就是这样的人——从来不爱多谈他自己。

一直到30年代的中期，发迹较迟的洛维格已快四十岁了，他才终于为他不朽的事业开始打基础。这是当他发现“用别人的钱赚钱”的魔法以后的事。

当然，以前他也时常告贷举债，甚至可追溯到九岁时，买那条沉船时就已开始了。但是，正如美国纽约大通银行一位高级职员说的，“那不是创造性的借款。他这回学到的是如何利用别人的钱做为一支杠杆，来增加自己的经济能力。”

洛维格成功的方程式，有两个主要的阶段。第一个阶段开始于他想贷款买一条普通的旧货轮，打算把它改装为油轮（运油比运干货的收入好）。他找了好几家纽约的银行。他们瞪着他的磨破了的衣领，问他能提出什么担保物。他不得不承认他实在提不出什么常用的担保物。不过，他倒有一条可以航行的老油轮——就是那条使他的背受伤的船，他想，也许可以用这条船，做成这笔贷款交易。

“他到我们银行来，”大通银行那位职员说：“告诉我们那条油轮正包租给一家石油公司。每月的租金，差不多正好够用来抵偿他所贷款项的每月应摊还的本息。所以他想把这条船过到银行的名下。这样银行可以直接从石油公司收取包船租金，钱就用来抵付洛维格向银行借来的债款。”

很多银行家都会认为这简直是一个疯狂的想法。但是，实际上，对银行来说，这种贷款和一般小企业贷款，差不多一样安全。洛维格单独一个人，可能没有足够的信用，但石油公司的信用却极为良好。因此银行认为，除非碰到无法预见的经济大灾害，石油公司当会信守承诺规规矩矩的按月付出油轮租金。只要他那条老船不沉，石油公司不垮，银行还是照样可以按月收款。在效果上来说，洛维格这一招真是神来之笔，借石油公司的信用，大大的提高了自己原来极为脆弱的信用。

银行就按着这个条件，把钱借给了洛维格，他买下了那条想买的老货轮，把它改装为一条油轮，将它包租了出去，又用同样的办法，拿它做抵押，又贷了另一笔款，买下另一条干货船，又把它改装成油轮……。

如此这般，他干了许多年，每还清一笔贷款，他就名正言顺的净赚一条船。包船租金不再流入银行，且开始落入洛维格的荷包。他资金的状况，他的银行信用，还有他的衣领，都迅速的有了很大的改进。

这时，他触发了一个更妙的构想。他既然可以用现成的船贷款。何以不能用一条还未造好的船贷款呢？

这是他学习利用别人的钱赚钱的第二阶段，因而为他开创了现有的伟业。

他的新事业的做法大概是这样的：他为某一特殊目的，设计一条油轮或其他的船。甚至在安放龙骨以前，他就找好了一位顾客，愿意在船造好以后承租它。他就拿着这一纸包租契约，前往银行申请贷款，来建造这条船。贷款的方式是不常见的“延期偿还贷款”，在这种条件下，在船未下水以前，银行只能收回很少的还款，甚至一文钱也不收回。一旦等船下了水，租金就开始付给银行，其后贷款偿还的情况，就和前述的一样了。最后，经过好几年，贷款交易付清之后，洛维格就可以把船开走，他自己一毛钱未花就正式成为船主了。

当他提出这个做法时，那些银行又给他弄得一愣。但是在仔细的研究以后，它们终于又发现这做法也颇有道理。这时，洛维格自己的信用已经不错了——何况，再加上承租他的船的客户的信用。“这项贷款，”这位大通银行的人说：“我们称之为‘双名合同’——在效力上说，贷款的偿还，受到两个在经济上是独立的公司或个人的担保。这样，假如其中一人出了问题，能不履行契约，另一个人不一定会有同样的问题，假如两个人都没出事，契约当然更顺利的完成。你看，银行这样反可以额外的为它的钱多得到一层保障。”

洛维格这时才真正的开始了他那庞大财富积集的长程冒险。最初，他向别人租借码头和造船厂。现在他已开始建造自己的设备——当然，又是利用别人的钱。第二次世界大战期间，美国政府便是胃口最大客户，洛维格的小造船厂生意兴隆，爆发式的快速成长，他所造出的每一条油轮，都为政府买去了。

战后，令人怀念的经济繁荣在40年代末期已渐露端倪。洛维格也在动脑筋多方谋求扩张，他已认定（正如其他的一些造船业者和航运业者的看法一致）美国已变成全世界最不利于他们这一行做生意的地方之一了。工资、物价和赋税都嫌太高，而整个的航海业纳税的问题和美国政府其他的限制弄得天昏地黑。洛维格觉得，已到了该到世界别的地方求发展的时候了。

50年代初期，他发现日本是一个吸引人的发展去处。那时，日本不但是战争中的失败者，而且也是经济上的失败者。吴港是日本主力舰、航空母舰和其他巨型航舰的出产地，那儿有巨大的海军造船厂。战争结束后，这些造船厂就被关闭了，上千的工人被遣散失业，使这个地区陷于严重的，长期的，好像是永难翻身的萧条境地。日本政府殷切的期望能开始对这个地方有点作为，却又提心吊胆的怕吴港被变成美国海军的造船厂和永久的军事基地。当洛维格带着大量的现钞和更多的信用贷款，以美国公民的私人身分来到日本时，日本人对他大表欢迎（据说，当地的一位官员在日后和他签订一些契约时，竟至高兴得泪流满面）。日本人很快的就和这个沉默寡言的老美做成了交易。为了回报他所做的让步——都是很容易做到的，例如，必须雇用日本劳工，使用日本的钢铁等，其实，于他来说，全都正中下怀——日本和他签订了长期的低廉的吴港造船厂的租约，外加令人欣羡的各种减免税赋的优待，以及其他优厚条件。从那时开始直至今日，洛维格一直在吴

刘先主遗诏托孤儿

港制造油轮、运铁矿苗的货轮和其他船只。他造的船越来越大，每一批的新船，与前相较，都能以更低廉的每吨运费率，运更多的货物。他把船卖掉一部分，自己留一部分。他的船队日益扩大，他在世界各地不断的增设新的轮船公司来经营这些船只——他的公司大多在利比利亚和巴拿马登记设立，因为，这两个国家给船主各种优待，包括赋税、劳工法和船只登记费等。他更及时的为他那世界性的企业王国开拓新的天地。他购买矿地和石油产业，其所需的运输工作，当有助于他的航运事业。他又创立储蓄借贷公司，以便调济他的王国的财务。他聚积的财富，在人类一个人单独聚财的最高记录中，无疑的，定能占一席之地。

一个人呢？这确是几乎和事实相去不远。有很多事业和财产是他一个人单独拥有的；而其他大多数的事业他也握有占多数的股权。与我们在本书所见的其他一些人不同（特别即将介绍的吉姆斯·林），他从未对邀股式财务的观念发生过兴趣，这种做法，是用出售一部分或大部分股权，以及将来的利润给别人，来筹措事业所需的资金。他不愿弄一群股东来干涉他的经营。他宁愿借别人的钱来求发展，而把事业的所有权保留给自己。除非是私下交易，你就别想买到洛维格任何事业的股票。

今天，洛维格早已超过一般人退休的年龄，也许终于会有一天，他会后悔自己独角戏唱得太久。看起来，真是似乎没有一个自然的继承人，来接替此庞大而复杂的王国，并使它能继续经营下去，他虽有几个可以依靠的友人和助手，但其中没有一个人，可以脱颖而出，成为明显的接班人。实际上，由于洛维格终生不改的固执守密的怪癖作风，使他大部分的职员对此一庞杂的企业所能有的了解，大受限制。“每一职员只能经营他自己那一小部门的业务。”公司里的一个人说：“每个人都受到晓谕，别管他自己部门以外的闲事。洛维格河能是公司里惟一真正了解全盘状况的人。”

不论洛维格的继承者是谁，到时候可能会说，但愿这位伟大的借贷者，当初是用别的方法掌管这个庞大的组织的。无论如何，当前的成就，强烈的说明了一点：丹尼尔·洛维格从无依无靠中白手起家，使自己成为世界上最有钱的富豪之一。他推翻了旧酒店里的陈腔滥调，证明了财神爷照样会照顾没有钱的人。

负债扩张的报业巨子

负债经营是“空城计”在商业竞争中的一个表现

形式，目前，有不少大型企业都在采用这种作法，但像英国报业巨子麦克斯韦尔这样“胆大妄为”，负债额达40亿美元的经营者确为少见。

麦克斯韦尔是亿万富翁，约有产业20亿美元。他拥有报纸，杂志，出版公司，私人喷气式飞机，豪华游艇等，其中《每日镜报》、《伦敦每日新闻报》均为很有影响力的报刊，麦克斯韦尔通讯公司则是这个报业集团的“旗舰”。

麦克斯韦尔出生于捷克斯洛伐克山区的一个农村小镇，家境贫寒，父母均为犹太人。他自幼只上过三年学，15岁时，他从德军集中营出逃参加了抵抗运动，后受了枪伤辗转法国，他的父母姐妹皆没逃出法西斯的魔掌。

战后，麦克斯韦尔开始了企业家的生涯，他的一生波澜迭起，充满传奇，他的企业，他的财产，他的报业王国均充满谜一般的神奇色彩。

战争的日子很沉闷，麦克斯韦尔从事了许多职业，但都有头无终，他觉得几乎没有一种职业能够适合他。

当年战场上的辉煌也不再被人提起，那用生命换来的十字勋章也失去了光彩，他感到沉重的失落感。他经常酗酒，以此麻痹自己。

他偶然遇到一位战友，当年在曼诺底登陆时，两人同乘一艘舰船。如今，这位战友在作出版生意，虽没有大发，但手头已很有些积蓄。

麦克斯韦尔没有什么文化，又完全不懂印刷技术，但他是个绝顶聪明的人，和战友几番相聚后，他已深领出版业的奥妙。

他决心投身于出版业。

正巧这时有消息传来，一家出版社因经营不善，准备拍卖。

麦克斯韦尔欣喜若狂，立即前往洽谈。

这是家英德合资专门出版科技书籍的小型出版社。拍卖价为 1.3 万英磅。

麦克斯韦尔身无分文，他去请求岳父的帮助，岳父很慷慨地应允了。

从此，麦克斯韦尔有了自己的事业——佩尔加蒙出版社。他努力工作，仅 1964 年一年，便出版了 60 种书籍，70 种杂志。后来，他又努力把经营范围扩宽到其他领域。战后，英国文化事业飞速发展，使麦克斯韦尔如鱼得水，赢利丰厚。

麦克斯韦尔用岳父的资本获得了第一步成功后，忽然心中豁然开朗，其实许多事都可以这样作的。一般情况下，资本越雄厚，投资额越高，利润也越高，街头小贩无论怎样吃苦耐劳也无法走进大亨的行列。

那么这些巨额资本一定要先拥有再投资吗?假如把这个程序颠倒过来会怎么样呢?

麦克斯韦尔为自己这天方夜谭式的想法惊呆了，但这才是麦克斯韦尔，天才的冒险家。

诸葛亮安居平五路

从80年代开始，麦克斯韦尔的事业走向鼎盛期，利用各种途径融通巨额资金，然后开始一步步去实施他的计划。

1981年，他买下濒临倒闭的大不列颠印刷公司，推行现代化生产，麦克斯韦尔经营有方，很快使工厂扭亏为盈，更名为“英国印刷通讯公司”。

1984年，麦克斯韦尔买下英国镜报集团，在伦敦报纸市场的竞争中，他使镜报发行量从20万份上升到360万份，成为英国第二大报业集团。

1988年，麦克斯韦尔又买下了美国官方的《航空指南》。《航空指南》的买卖手续刚刚办妥三天，又以令人惊奇的高价买下麦克米伦出版公司。

1991 年春，麦克斯韦尔又买下《纽约每日新闻报》，将其从困境中解脱出来，命名日发行量从 30 万份回长到 70 万份。

麦克斯韦尔从此跨入世界出版巨子之列。

对于自己的这一作法，他没有高深的道理来解释，他只知道假如你把市场上这一类东西买光了，那么叫什么价就由你了。而且买的越彻底越好。

为了这些史无前例的收买活动，麦克斯韦尔大举借债，债务高达 40 亿美元。

麦克斯韦尔见惯不惊，负债经营负债扩张对于他已驾轻就熟，他甚至还想再借上一笔，只要有购买机会。他认为问题的关键是扭亏为盈。债务能增加压力：使人加倍努力工作，丝毫不敢松懈。

事实也正如他说，如果不是负债经营，麦克斯韦尔不可能在短短的二十年间摘取报王的桂冠。

他曾向妻子许诺要做“英国首相”，这个愿望最终没能实现，但作为世界报王，其荣耀一样非同寻常。

1991 年 11 月 5 日，这位报业巨子猝死在他的豪华游艇上，死亡之谜久久轰动英伦三岛。

在他死后，公司清理他的巨额财产时，才发现这位报业巨子的种种经营内幕，人们只看见一个繁荣无比的巨大报业王国，根本不知道一切全是借债买来的。

40亿的巨款用什么偿还，稍有失误，便可能导致这个报业王国的破产。如今这个报业王国由他的两个儿子经营，其发展前景令人担忧。

人们不禁钦佩麦克斯韦尔的超人勇气，这个世界上，恐怕再没有第二个人能与之相比。假如他没有意外猝死，这40亿元的内幕将永远是个谜，直到完全偿还。

这个“空城计”似乎唱得有点太大，令人有些后怕，但他确实获得了成功，从一无所有的赤贫成为了亿万富翁。

他的那段军旅生涯难能可贵。

麦克斯韦尔是个非同寻常的人。

他一直与世界各国的政界要人保持着亲密友好的关系，他先后出访几十个国家，和许多元首和政府首脑合影留念，私交甚厚。

麦克斯韦尔把这诙谐地称为“先导性投资”，当然，也可能颗粒无收。不过，他从不这样想。

中印边境冲突事件后，麦克斯韦尔所掌握的报纸比较客观公正的报道了一消息，其立场态度在美国新闻界引人瞩目。

为此，周总理特意接见了他，在西华厅作了一番亲切的长谈。

中国改革开放后，麦克斯韦尔专程来华访问，达成了多项合作出版意向，出版了英文版《邓小平文集》。

麦克斯韦尔死后，许多国家领导人发出唁涵唁电，或派特使表示哀悼。英国首相梅杰发表电视讲话，称麦克斯韦尔为一代人杰。以色列总理沙米尔允许他安葬在耶路撒冷橄榄墓地，并亲临吊唁。

一个商界富豪死后，竟能获得这样的殊荣，牵动如此众多的政界要人，可见其生前与这个民界千丝万缕的联系。

麦克斯韦尔的去世太突然了，他的辛勤耕耘还未来得及收获，便踏入了另一个世界。这是报业王国无法估量的损失。

麦克斯韦尔谜一样地消失在大西洋之上。

他奇迹般的发家史，他空前绝后的负债经营，他的远见卓识，将成为商贸舞台上的宝贵财富，被无数的后来者仿效。

郑叔詹退楚军

公元前 666 年，楚国派出 600 乘兵车北上攻打郑国，并迅速逼近郑国都城，郑国危在旦夕。郑文公召集百官商讨应急之策。有人主张求和，有人主张坚壁等待外援，有人要求背城一战，还有人主张逃跑避战，只有大夫叔詹说他有计退敌。

叔詹把军队都隐蔽在城内，好像没有一兵一卒一样。他还让把城门打开，让街市上百姓来往如常，不流露出任何异常表情。整个街面上看来一如平时。楚买前队面对这种情况，认为其中必有诡计，担心入城后落入郑国圈套，便在城外停了下来。楚军主帅令尹子元率大军来到后，也疑惑不解，吃不透郑国的葫芦里装的是什么药。他害怕万一失利，回去无法交代，决定不急于攻城，待进一步弄清情况再作定夺。但战局变化很快，第二天他便得悉齐、鲁、宋已派来了援郑大军，子元害怕腹背受敌，便率军匆匆撤退了。

叔詹所以能用空城计退敌，是因为他正确分析了敌情。他发现楚国自从进行争霸战争以来，这是第一次使用600乘的强大兵力，这表明了楚国的决心是务求全胜的；它既求全胜，也就必然最害怕失利，这就决定了它必然处处谨慎小心，稳扎稳打，不敢冒大风险。郑国使用“空城计”的行动一反常规，正好使本来就谨慎小心、担心失利的楚军主帅不敢贸然进城。

第三十三计　反间计

【原文】

疑中之疑。比之自内，不自失也[①]。

【注释】

①比之自内，不自失也：语出《易·比》卦：象曰："比之自内，不自失也。"比，辅助。意思是有来自对方内部的辅助，自己就不会有任何闪失。

【译文】

在疑阵中再布疑阵，并且利用敌人作为内应，我方就会取得胜利，而且不受半点损失。

【按】间者，使敌自相疑忌也。反间者，因敌之间而间之也。如燕昭王[①]薨[②]，惠王[③]自为太子时，不快于乐毅[④]，田单[⑤]乃纵反间曰："乐毅与燕王有隙，畏诛，欲连兵王齐。齐人未附，故且缓攻即墨，以待其事。齐人惟恐他将来，即墨残矣!”惠王闻之，即使骑劫[⑥]代将。毅遂奔赵，如周瑜利用曹操间谍，以间其将，亦“疑中之疑”之局也。

【注释】

①燕昭王：战国时期燕国国君。公元前三一一——前二七九年在位。

②薨：死。君主时代诸侯或大官死称薨。

③惠王：燕昭王之子燕惠王。公元前二七九年即位。

④乐毅：战国时燕国名将。曾率兵攻齐，下七十余城，后因受离间计之害，逃亡赵国。

⑤田单：齐国名将。在齐国遭燕国进攻，失七十余城的情况下，坚守即墨城，巧用离间计、火牛阵，打退燕军，收复失地。

⑥骑劫：燕国将领。燕惠王即位后，以他取代乐毅，结果被田单打败，并死在乱军之中。

【译文】

用间，就是使敌人自相怀疑和猜忌；反间，就是利用敌人离间我方的阴谋，转而离间敌方。例如战国时燕昭王死后，继位的惠王从他当太子的时候起，就不喜欢大将乐毅。齐国大将田单利用这一矛盾，乘机施用反间计，他派间谍故意造谣说："乐毅与燕惠王有私仇，怕惠王杀他，所以他想联合齐国的军队，在齐国称王。由于齐人还没有向他投降，所以他也不急于攻下即墨，目的是为了等待时机，成就大事。目前齐人最担心燕国派其他大将来，如果那样，即墨早就被攻陷了！"燕惠王听信了这一谣言，马上改派骑劫去接替乐毅。于是乐毅被迫逃亡赵国。

【计名探源】

"反间计"一词出自《孙子·用间》《战国策·燕策》意思是说巧妙利用敌人的间谍反过来为我所用。在战争中，双方使用间谍，是十分常见的。《孙子兵法》就特别强调间谍的作用，认为将帅打仗必须事先了解敌方的情况。要准确掌握敌方的情况，不可靠鬼神，不可靠经验，"必取于人，知敌之情者也。"这里的"人"，就是间谍。《战国策·燕策二》："惠王即位，用齐人反间，疑乐毅而使骑劫代之将。"亦即其义。《孙子兵法》专门有一篇《用间篇》，指出有五种间谍。利用敌方乡里的普通人作间谍，叫因间；收买敌方官吏作间谍，叫内间；收买或利用敌方派来的间谍为我所用，叫反间；故意制造和泄露假情况给敌方间谍，叫死间；派人去敌方侦察，再回来报告情况，叫生间。

唐代杜牧解释反间计特别清楚，他说：“敌有间来窥我，我必先知之，或厚赂诱之，反为我用；或佯为不觉，示以伪情而纵之，则敌人之间，反为我用也。”三国时期，赤壁大战前夕，周瑜巧用反间计杀了精通水战的叛将蔡瑁、张允，就是个有名例子。

曹操率领号称八十三万大军，准备渡过长江，占据南方。当时，孙刘联合抗曹，但兵力比曹军要少得多。

曹操的队伍都由北方之兵组成，善于马战，可不善于水战。正好有两个精通水战的降将蔡瑁、张允可以为曹操训练水军。曹操把这两个当作宝贝，优待有加。一次东吴主帅周瑜见对岸曹军在水中摆阵，井井有条，十分在行，心中大惊。他想一定要除掉这两个心腹大患。

曹操一贯爱才，他知道周瑜年轻有为，是个军事奇才，很想拉拢他。曹营谋士蒋干自称与周瑜曾是同窗好友，愿意过江劝降。曹操当即让蒋干过江说服周瑜。

周瑜见蒋干过江，一个反间计就已经酝酿成熟了。他热情款待蒋干，酒席筵上，周瑜让众将作陪，炫耀武力，并规定只叙友情，不谈军事，堵住了蒋干的嘴巴。

三十六计之反间计

周瑜佯装大醉，约蒋干同床共眠。蒋干见周瑜不让他提及劝降之事，心中不安，哪里能够入睡。他偷偷下床，见周瑜案上有一封信。他偷看了信，原来是蔡瑁、张允写来，约定与周瑜里应外合，击败曹操。这时，周瑜说着梦话，翻了翻身子，吓得蒋干连忙上床。守了一会儿，忽然有人要见周瑜，周瑜起身和来人谈话，还装作故意看看蒋干是否睡熟。蒋干装作沉睡的样子，只听周瑜他们小声谈话，听不清楚，只听见提到蔡、张二人。于是蒋干对蔡、张二人和周瑜里应外合的计划确认无疑。

他连夜赶回曹营，让曹操看了周瑜伪造的信件，曹操顿时火起，杀了蔡瑁、张允。等曹操冷静下来，才知中了周瑜反间之计，但也无可奈何了。

【评语】

“反间计”是指巧妙利用敌方间谍为我所用的计谋。《十一家注孙子·用间篇》：“反间者，因其敌间而用之……必索敌间之来间我者，因而利之，导而舍之，故反间可得而用也……五间之事，主必知之，知之必在于反间，故反间不可不厚也。”《兵法圆机·间》：“间者，怯敌心腹，杀敌爱将，而乱敌计谋者也。其法则有生有死，有书有文，有画有谣，用歌用赂，用物用爵，用敌用乡，用友用女，用恩用威。”

古人认为，间谍的任务之一，就是设法挑拨敌军内部互相猜疑；反间则是利用敌方离间我方的阴谋，再转嫁给敌方。

【战例】

晋国纵囚退楚军

鲁成公十六年（公元前 575 年），晋军在鄢陵把楚军逼入险境。楚国大臣叔山冉对养由基说：“虽然君王有命令，但为了国家，你一定要射箭。”养由基便向晋军射击，射了两次，被射的人都死了。叔山冉抓住晋兵投向晋军，砸在战车上，将车前横木砸断，晋军才停止了进攻。晋国囚禁了楚国的公子筏。

晋国大夫栾鍼望见楚国令尹子重的旌旗，便请求晋厉公说："楚国的俘虏说，那面旌旗是子重指挥作战用的旗子，那大概就是子重。从前我出使楚国时，子重问我晋国的武勇表现在哪，我对他说：'喜好整齐，有条不紊。'子重又问我：'还有什么?'我回答说：'喜好从容不迫，驰张相宜。'现在两国交兵，不派使者，称不上做事按部就班；临战事而说话不算，称不上从容不迫。请您派人替我向子重敬酒。"晋厉公同意了。遂派使者携带酒具去向子重献酒，并说："我们国君缺乏使臣，又让栾鍼持矛在身边侍候，因此不能前来慰劳您的部下，特派我来替他向您献酒。"子重说："栾鍼在楚国曾和我说过按部就班、从容不迫的话，肯定是这个原因，他的记性还真不错呀!"子重接过酒杯一饮而尽：送走使者又击鼓进攻。从早战到晚也没停止。

楚国司马子反命令军吏察看士兵伤情，补充好步兵和车兵，修整铠甲武器，阵列战车马匹，要求鸡叫时吃饭，绝对听从主帅的指挥。晋国士兵忧虑不安。晋国将领苗贲皇通令全军："检查好战车，补充够士卒，喂饱战马，磨快武器，整顿战阵，巩固队列，早晨在寝席上吃饭，再次祈祷求胜，明天再战！”并有意放跑楚国俘虏。楚共王获得情报，忙召子反商量。谷阳竖献酒给子反，子反喝醉了不能见楚共王。楚共王说：“上天要使楚国战败呀！我不能坐以待毙。”便连夜逃跑了。

将遇良才，智者胜。楚兵不谓不多，将不谓不勇，然而乏智。晋国的栾铖则以斗智为先，使人敬酒，表面上是不食言，而实际上是示以武勇，从心理上威慑对方。楚国修兵列阵，晋国针锋相对下战表，又故意让楚国的战俘逃走，传我信息，自然又是智高一筹。待到晋国买通内间，使楚将不能议事之后，楚王便成了孤家寡人，若不坐以待毙，则只好连夜溃逃了。

秦王智灭魏国

秦王对魏公子，即信陵君的威名深为忧虑，就派人带黄金万两到魏，收买晋鄙门客，让他在魏王面前诽谤信陵君。晋鄙原是魏国大将，信陵君窃符救赵时用朱亥杀掉晋鄙，从此与晋鄙门客结怨。门客对魏王说：“公子在国外已十几年了，现在又回来做了魏国大将，各诸侯国都听从他的指挥。如今在诸侯心目中只知尊信陵君，而不知有您魏王，公子自己也想趁机称王，大家慑于公子威望，也都准备拥戴他为王”。与此同时，秦国又多次派使者到魏国见信陵君，假意庆贺与询问他是否已立为魏王。魏王天天听到这些诋毁信陵君的消息，不能不信，就派人取代了信陵君的职务。信陵君知道自己是受诽谤而被废除大将职务的，“乃谢病不朝，与宾客为长夜饮，饮醇酒，多近妇女。日夜为乐饮者四岁，竟病酒而卒。”秦王得知信陵君已死，派大将蒙骜率兵攻魏，克二十城。设东郡以后，又不断蚕食魏国，十八年后活捉魏王，攻陷魏都大梁。敌不疑，其间不成。秦王间魏王而成功，正是利用了魏内部的矛盾，又利用了魏王的轻信而挑拨之，达到了假魏王之手除信陵君的目的。

陈平摆计除范增

楚霸王项羽率兵十万，围攻荥阳，汉王刘邦急召张良、陈平等谋士商议，说：“项羽乘我兵力分散，城内空虚、率兵围虚，有什么办法拒敌？”

陈平说：“项羽的得力干将，不外范增、钟离昧、龙沮、周殷这几个人，如果能够离间他们，使项羽起疑心组织，就可以解散项羽的核心，削弱他的进攻力量了。”

因此，刘邦把四万金子交陈平去作间谍活动的经费，派人混入楚营，散布谣言，说钟离昧等因功不得赏，想与对邦同谋，灭楚分地称王。

项羽一向多疑，听到这个消息，便信以为真，遂不与钟离昧等议事，挥军把荥阳围得水泄不通，一连攻打三日，见城中防卫森严，毫不动摇，也不能越雷池一步，项羽十分躁急。

张良等谋士又向刘邦献计，说："项羽攻城不下，正好派人去向他诈降，他必应允，遣人来讨条件，到时使用陈平之计，彻底离间他的君臣情感，就可以解围了。"

"他不接受和谈又怎么办?"刘邦怀疑地问。

张良说："项羽脾气暴躁，沉不住气，刚而无忍，连日攻城不下，心正焦急，若汉使一到，必然接受。"

刘邦依计，派萧何往楚营游说。见了项羽，厚礼甘言说了一通，说刘邦得封为汉王，已自满足，不敢与项王分庭抗礼，今愿讲和，各守封疆，共保富贵，割荥阳以东为楚界，荥阳以西为汉界!

项羽想到刘邦势力日大，韩信又善于用兵，继续打下去，亦未知鹿死谁手，不如趁早讲和，休养生息，等候机会。便召范增等商量，范增却反对这样做，他说："这是刘邦的缓兵之计，和谈不是本意，把战局拖住，专等韩信的救兵，今日正可猛攻快打，把刘邦消灭了，再去对付韩信。”

项羽犹豫起来，又召见萧何，说：“你暂且回城去，待我再考虑一下就通知你！”

萧何吃惊了，心知必定是范增从中唆摆，破坏和谈。乃对项羽说：“在这个紧急关头，陛下自愿圣裁，左右的话，怕有私弊，因为战胜也好，战败也好，别人一样可以不当楚官当汉宫，但陛下将怎样处理自己？况且汉王尚未势穷力尽，韩信的几十万大兵很快就会到来，内外夹攻，陛下师久粮尽，那时欲退不得，不是后悔莫及吗？依臣鄙见，倒不如及时讲和，化干戈为玉帛，这样，不独汉王感恩戴德，老百姓也会讴颂陛下仁义呢！臣虽身在汉，旧实楚臣，这些都是肺腑之言，望陛下三思，不要被左右暗中出卖了！”

项羽听了这番话，很是喜欢，说：“你说得透彻有理，就这样决定，你且先回去，我随后派人入城去讲和？”

萧何回去把情况告诉刘邦，刘邦转告陈平：“楚使不日就要来和谈，你用何计对付！”

陈平附耳说如此如此，刘邦大喜，密令陈平去进行。

项羽不听范增的劝谏，派虞子期为和谈大使，指示他：要刘邦于三天之内出城当面谈判，再趁机会探听汉营虚实。

虞子期奉命带了几名能干的密探进入荥阳城，闻说刘邦夜饮大醉未起，便暂时到旅馆安歇，打发左右暗里去刺探情报，表面装出是去通报，那位负责通报的密探依命入了汉营。只有张良和陈平两人出来，见他们身穿的是楚服，便殷勤地把他邀进一间公馆里，用好酒好肉招待，那人说："我是项王的差使，不是亚父差来的。"张良，陈平两人一听，假装吃惊，说："我们以为你是亚父秘密差来的！"便叫一名小卒过来，把那人带到另外一间小馆里，改以淡莱粗饭招待，张良和陈平已不知转到哪里去了。

那人得了刘邦接见的消息，回来向虞子期报告，特别提出张良、陈平的话和态度，虞子期认为可疑，把这话藏在心里，乃整衣去见刘邦。可是刘邦还未梳洗，着萧何带他到一间密室休息，等候接见。密室里布置得很幽雅，设备齐全，萧何奉陪一会，托辞起身，说："虞大使请多坐一会，待我去看汉王梳洗好否？"

萧何出去了，虞子朝转身看看书桌，见有许多秘密文件，他即走过去翻，见有一封首尾不写名的信，内云："项王彭城失守，提兵远来，人心不附，天下离叛，大兵不过二十万，势渐孤弱，大王切不可出降，急当唤韩信回荥阳，老臣与钟离昧等为内应，指日破楚必矣。黄金不敢拜领，破楚后愿裂土封于故国，子孙绵延百世，臣之愿也，名不敢具。”

虞子期大惊，暗思这信必是范增的了，最近听到亚父与刘邦私通的话，我尚不相信，今见此信，相信不会假的了。遂将该信藏在身边，准备回去亲呈项王邀功。

萧何进来了，说汉王召见，遂把他带到汉王那里。刘邦开口又把过去萧何在项羽面前说过的话重复一遍，愿与项王分土而治。虞子期说：“我项王已依尊命，只想欲与大王见面详谈，别无他意！”

“既然这样，”刘邦说：“先生请先回，我商议好日期后再约项王见面就是了！”

虞子期回见项羽，传达了刘邦意见。更悄悄地密报在城内所听到的情况，张良、陈平的态度，及在密室里偷回的匿名信呈给项羽。

项羽看罢密信，大怒起来，说：“老匹夫居然想出卖我？务要查出实情，决不饶恕！”

范增知道了，在项羽面前力辩并无其事，且说这是陈平的反间计，离间君臣。

无论怎样，项羽已听不进去，立即炒他鱿鱼，贬范增回乡。范增走到半途，忽然背生毒瘤，就这样冷清清死去。

公孙瓒败亡

袁绍磐河战公孙

春季，199年（汉献帝建安四年三月）黑山军首领张燕与公孙续率兵十万，分三路援救公孙瓒。张燕的援军还未到，公孙瓒秘密派使者送信给公孙续，让他率五千铁骑到北方低洼地区埋伏，点火作为信号，公孙瓒打算出城，夹击袁绍围城部队。袁绍的巡逻兵得到了这封书信，袁绍就按期举火，公孙瓒以为援军已到，就率军出战，袁绍的伏兵，发动进攻，公孙瓒大败，回城继续坚守。袁绍围城部队挖掘地道，挖到公孙瓒部队固守的城楼下，用木柱撑住，估计已挖到城楼的一半，便纵火烧毁木柱，城楼就一下倒塌。袁绍用这种方法逐渐攻到公孙瓒所住的中京。公孙瓒自知必定无可幸免，就绞死自己的姊妹，妻子儿女，然后就放火自焚。袁绍命令士兵登上高台，斩斫公孙瓒之尸。田楷战死。关靖叹息说："以前，我如果不阻止将军自己出城，未必没有希望。我听说君子使别人陷入危难时，自己一定与他分担患难，怎么能自己逃生呢？"就骑马冲入袁绍军中而死。公孙续被匈奴屠各部落杀死。

起初，乌丸王丘力居死后，他的儿子楼班年龄还小，侄儿蹋顿勇武善战，富有谋略，就接替了丘力居的王位，总领上谷大人难楼，辽东大人苏仆延，右北平大人乌延等。袁绍进攻公孙瓒时，蹋顿率领乌丸人帮助袁绍。公孙瓒灭亡后，袁绍用皇帝的名义对蹋顿、难楼、苏什延、乌延等都赐予单于印绶。袁绍又因为阎柔深受乌丸人敬重，对阎柔待遇特别优厚，以求得北方边境的安定。后来，难楼、苏仆延共同尊奉楼班为单于，以蹋顿为王，但实际事务仍由蹋顿掌管。

施反间各个击破

建安十六年，曹操派曹仁讨伐马超、韩遂、杨秋、李堪、成宜等。此时马超等屯兵潼关，曹操告诫将领们说："关西敌军精明强悍，要严密防守，不许出战。"

这年七月，曹操率军西征，与马超军队分别驻扎在潼关两侧。曹操对这种相持局面很着急，就暗中派徐晃、朱灵等人夜间渡过蒲坂津，在黄河西岸扎下营寨。曹操自己率军从潼关渡河而北，还没渡过河去，马超急派水军进攻。校尉丁斐顺势放出牛马诱惑敌人，马超的军队纷纷去捉牛马，曹操乘机渡过河去，沿河岸开凿一条通道，率兵向南行进。

马超退军在渭口拒曹，曹操于是多设疑兵，而让军队乘船悄悄进入渭水，并搭起浮桥。到了晚上，在渭水南岸分兵扎营。马超军夜间进攻曹营，被周围埋伏的军队打败。马超等人也在渭水以南驻扎下来，同时派人去见曹操，请求以割让黄河以西土地为条件言和，曹操不答应。

这年九月，曹操渡过渭水。马超多次挑战，曹操仍不答应。马超坚持要割地求和，并提出派自己的儿子去做人质，曹操用贾诩的计策，假装答应下来。韩遂请求面见曹操。曹操和韩遂的父亲是同千年被推举出的孝廉，又和韩遂年龄相当。曹操和韩遂在马上交谈了大半天，一点儿不说眼下战事，只谈及自己过去京城中的老朋友，说到高兴处就拍丰哈哈大笑。

会见结束以后，马超等人问韩遂："曹操和您说了些什么？"韩遂说："什么也没说。"马超等人深感怀疑。一天，曹操又给韩遂写去一信，信上多处作了修改，就象韩遂本人改过的样子，马超等人对韩遂越发怀疑。

曹操与马超约定日期交战。他先命少许兵将挑战，仗打了一段时间之后，曹操突然派大队骑兵两面夹击，大败马超，杀死了成宜、李堪。马超、韩遂逃往凉州，杨秋逃奔安定，从此关中平定。

钟会因隙使间

钟会，曹魏韬略家，精通策略，长于智谋，在平蜀战争中。与邓艾一起，立有战功。由于不满司马氏权力地位的上升，最后在蜀举兵反魏。钟会在蜀起兵过程中，对一些极为细小的问题处理不慎，铸成大难，最后兵败身亡。

钟会字士季，颍川郡长社（今河南长葛县东）人，为太傅钟繇的小儿子，小时候聪明灵慧。

中护军蒋济曾经在文章中说："观察眼珠子，就足以了解一个人。"钟会五岁时，钟繇让他去见蒋济，蒋济感到很惊讶，说："是个不平凡的人啊。"

钟会成年后，有才略技艺，又博览群书，精研义理，夜以继日地用功，因此获得了声誉。

正始（公元 240～248 年）年间，钟会担任秘书郎，后来升为尚书中书侍郎。高贵乡公曹髦即皇帝位后，赐封他为关内侯。

毋丘俭作乱时，大将军司马师领兵东征，钟会随从，主管机密之事，卫将军司马昭领兵作为大军的后续部队。司马师在许昌去世，司马昭统帅六军，钟会在司马昭帐下出谋划策。当时魏帝下诏书命令尚书傅嘏，因为东南地区刚刚平定，暂留卫将军驻扎许昌作为内外援军，命令傅嘏率领其余各军回京城。钟会同傅嘏商计，要傅嘏以表章上奏朝廷，就同卫将军一起统兵进发，回到洛水南面驻扎。于是朝廷任命司马昭为大将军、辅佐朝政，钟会升为黄门侍郎，封东武亭侯，食邑三百户。

甘露二年（公元 257 年），下诏调诸葛诞为司空。当时钟会在家守母丧。他预料诸葛诞一定不会服从朝廷的任命，飞马禀告司马昭。司马昭因任命之事已经施行，不好接着又改变。到诸葛诞谋反，皇帝车驾停留在项城，司马昭到达寿春城，钟会又跟随司马昭了。

当初，东吴大将全琮，是同孙权有婚姻亲戚关系的重臣。全琮的儿子全怿、孙子全静、侄子全端、全翩、全缉等，都领兵来救诸葛诞。全怿兄长的儿子全辉、全仪留在建业，与他们家里的人发生争

入蜀川二士争功

吵，就带着母亲，率领家丁仆人数十家渡过长江，归顺了司马昭。钟会出了一个计策，暗地代全辉、全仪写了一封家信，派全辉、全仪的亲信携带进入寿春城告诉全怿等人，说东吴朝廷对全怿等人不能解寿春之围十分恼怒，要把众将领的家属全都杀死，所以逃出

来归顺。全怿等都很恐惧，于是各自率领所属军队开东城门出来投降，都受到了封赏，城内因此出现分离不和。寿春城被攻破，大多是钟会出的计谋，司马昭对他日益亲近信任，当时的人称他为张子房。

收兵回朝后，钟会被升为太仆，他坚决辞让不就职。他以中郎的身分在大将军府中作记室的事，这是心腹人担任的职务。因他讨伐诸葛诞的功劳，进爵位为陈侯，他屡次辞让不接受。

朝廷下诏书说："钟会主管军事，一同参预筹划计策，预料敌情取得胜利，有出谋划策的功劳，而他推辞恩宠坚持谦让，言辞诚恳朴实，先后数次，其心志不可以勉强改变。一个人成就了功业而不以功自居，这是古人所推重的，那就听从钟会的请求，来成全他的美德。"升为司隶校尉。虽然在大将军府外，但时政的兴革损益、朝廷的奖惩赏罚，没有他不总揽掌握的。稽康等人被诛杀，也都是钟会的主意。

贾逵将计就计

东汉末年以来，刺史总领诸郡，布政一方，与以往职掌司察之任，区别很大。贾逵富有政治、军事韬略，威恩兼施，整肃万里，为曹魏集团中有名的封疆大吏。贾逵运用韬略，娴熟于心，注重因时制宜，因地制宜，圆融灵活，讲究实效，其所行事，多有可贵之处。

以前，贾逵曾到皮氏，对当地人说：“双方争夺一块地方，先占据有利地形的一方必胜。”到郭援包围绛邑，形势危急的时候，贾逵知道绛邑将被攻破，就派人从小路将他的印绶送回河东郡，并让他通知郡守，赶快占据皮氏。郭援吞并了绛邑的守军之后，将要继续进军。贾逵怕他先占领皮氏，就用别的计策使郭援的谋士祝奥产生疑虑，以至郭援的军马停留了七天。河东郡郡守听从了贾逵的劝告，所以没有打败仗。

后来贾逵被推举为茂才，任渑池县令。高干谋反以后，弘农郡的张琰要起兵响应，贾逵不知道张琰的阴谋，去见他。到那以后，听说叛乱已经发生了，想回去，又怕被捉住，就替张琰出谋划策，好像是与他同谋的人，张琰相信了他。当时渑池县寄治于蠡城，城外的壕沟很不坚固，贾逵请求张琰派兵去修蠡城的城池，那些要谋反叛乱的都不隐讳他们的阴谋，所以贾逵能够把他们一网打尽。然后再修城抗拒张琰的部队。

张琰败亡以后，贾逵因为祖父去世离官，又由司徒征召他为掾吏，以议郎职衔参与司隶军事。

孙子讲，“上兵伐谋”，打乱敌方部署，使其计划不能如期实施，是最为有利之举。一旦充分了解敌方之谋，有目的地实施己方之谋，反彼为己，因彼成己，使敌人套入圈套，一举取胜。贾逵借机就势，因敌为谋，表现了处惊不变，灵活机动的韬略素养。

吕蒙用间

吕蒙为三国时代的著名智将，也是中国历史上杰出的军事韬略家。

吕蒙在年轻时代，不辞艰险，卓具胆魄，然读书不多，智略未广。后来，在军事实践中注意理论与文化的修养，于是学问日增，以致运筹谋划，出奇制胜，手段高超，识见过人，谋勇兼具，如虎添翼。

吕蒙善于见机，敢于决断，明于大计，精于指挥，曾巧降郝普，智擒关羽，建立了赫赫战功。吕蒙在韬略上圆融变通，临机制变，已臻于化境。

刘备派关羽镇守荆州全境，孙权命令吕蒙往西夺取长沙、零陵、桂阳三郡，吕蒙发文到长沙、桂阳两郡，对方望风归服，唯独零陵太守郝普守城不降。而刘备亲自从西蜀来到公安，派关羽来争夺三郡。孙权那时在陆口，让鲁肃带领万人驻扎在益阳抵御关羽，用紧急文书召令吕蒙，要他舍弃零陵，赶快回来帮助鲁肃。

起初，吕蒙平定长沙之后，要去零陵，经过酃县时带上南阳人邓玄之，邓玄之是郝普的老友，吕蒙想用他去诱降郝普。接到紧急文书时，吕蒙先将此事保密。夜晚召见各将领，布置计谋策略，声言早晨便要攻城。

吕蒙看着邓玄之说："郝子太听说世间有忠义的事，也想要这样做，可是不识时机。现在左将军刘备在汉中，被夏侯渊所围。关羽在南郡，由我主上亲自来对付他。他们正是首尾倒悬，救死还来不及，哪有余力再来管这边的事呢？现在我军都是精锐部队，人人都想拼命作战，主上派兵沿路不绝。如今子太以危在旦夕的命运，等待望不到的救兵，就好像牛蹄穴中的鱼，想依赖长江、汉水的救济，这事已经很明显不可靠了。如果子太必定能够集中士卒的心，保守孤城，勉强拖延时间，来等待援兵，这还可以。现在我军全心全意来攻，要不了多少日子，城池必定攻破，城破之后，自己死了有什么好处，何况还会让白发苍苍的百岁老母也遭诛杀，岂不痛心吗？想来此人得不到外间消息，认为援军可靠，所以才这样做。你可前去见他，向他陈述祸福的实况。"

玄之去见了郝普，把吕蒙这些话都说给他听，郝普畏惧，就听从了吕蒙的意见。邓玄之先出城报告吕蒙，说郝普随后就到。吕蒙预先命令四员部将，各选一百名士兵，等郝普一出城，便进去据守城门。一会儿郝普出来了，吕蒙迎上去握住他的手，和他一起下到船上。交谈之后，拿出紧急文书给郝普看，并且拍手大笑。郝普看了文书，才知道刘备在公安，关羽在益阳，自觉惭愧悔恨，无地自容。

吕蒙留下孙皎，将善后事宜委托给他，自己立即率部赶赴益阳。刘备请求结盟，孙权就把郝普等人放归，划湘水为界，将零陵还给刘备。将寻阳、阳新作为吕蒙的奉邑。

施反间死中求生

吕光占据西域凉州之后，乞伏乾归占据金城与之抗衡。但是，乾归与从弟乞伏轲弹不和，二人明争暗斗。轲弹担心被杀，便投奔吕光。吕光特别善于利用别人的矛盾，以达到自己的目的。当轲弹来到凉州时，吕光当机立断，下令群僚说："乞伏乾归狼子野心，前后反覆。我正想向东廓清秦赵之地，立功于江南，怎么能让这小子逞凶于洮河之南呢？而且他们兄弟之间相互离间，可乘之机不能错过，现在命令朝廷上下中外戒严，我将亲自率军出征。”于是吕光出驻长最，命吕纂率领杨轨、窦苟等步骑三万进攻金城。

乾归闻讯，率兵二万拒敌。吕光又遣部将王宝、徐炅率领骑兵五千拦击。乾归害怕而不敢进军。吕光又遣部将梁恭、金石生以甲兵1万余人自阳武下峡出击，与秦州刺史没奕于联军进攻东面。吕光又命弟弟吕延率袍罕军进攻临洮、武始、河关，尽皆克之。这时，吕纂也攻下了金城，活捉了乞伏乾归的金城太守卫鞬，乾归因此大惊，哭泣着说：“死中求生，就在今天了。”

乞伏乾归不愧是一位智勇双全的人物，他苦思冥想，突然计上心来，想出了一条反间妙计。他在军中散布说，乾归之众都已溃散，大部分已向东投奔了成纪。与此同时，一直进军顺利的吕延，早已产生了消灭乞伏乾归已指日可待的轻敌思想，听到这一消息后，信以为真，立即引兵急进。

吕延率兵轻进，司马耿稚担心乾归有诈，于是劝道：“乾归雄勇过人，权略难测，破王广、克杨定，都是示人以羸弱，令敌轻视麻痹，然后得手的。困窘之兽还要挣扎相斗，何况乾归之众怎能望风自散呢？而且那些报信人的入神色都与常人不同，以我看必是奸计。为了万全，现在进军应当部阵推进，步兵和骑兵相接应，稍缓前进速度，等待各路大军云集之时，再一举灭之。”吕延不以为然，没有听取耿稚的建议，仍旧冒进。

乞伏乾归听说吕延前来挑战，早已作好应战的准备。当吕延的军队一窝蜂冲来时，乾归立即命令军队整阵围杀。吕延军还未来得及布阵抵抗，就被打败，吕延也因之阵亡。乞伏乾归击攻吕延军，瓦解了吕光四面合围的战略，迫使吕光退还姑臧。

破反间北魏胜刘宋

北魏太武帝时，南朝宋国大将到彦之、檀道济屡次进犯淮颍地区，大肆抢掠。北魏大将王慧龙与之奋力厮杀，宋军几次大败，锐气顿减。到彦之在给好友萧斌的信中说：“魏朝大将中，鲁轨刚愎自用，马楚粗鄙狂妄，只有王慧龙和韩延之实在让人畏惧。原以为他俩只不过一是书生一是懦夫而已，没想到老子我竟怕了他们。”

因为王慧龙深谋远虑，而且勇猛过人，所以宋朝很难占上便宜。于是，宋文帝只好施反间计，派人潜入魏朝，大肆宣扬，说王慧龙自以为功绩卓越，对朝廷给予的俸禄待遇，深为不满，想挟持安南大将军司马楚之反叛，通敌卖国。

太武帝听到这些传闻，断然说：“这纯粹是无稽之谈，这就象古时齐国人畏惧燕人乐毅而施反间计一样。”于是，他立即亲赐王慧龙加盖御印的书信，写道：“刘义隆害怕将军您就象畏惧老虎一样，于是，想施反间计陷害您，我很清楚他的诈谋。对于那些谣传我全然不信，请将军也不要介意。”这样，宋文帝的反间计不但没有成功，反而增进了北魏君臣之间的信任，真可谓此计一出，反倒弄巧成拙。

萧衍施反间援救司州

建武二年，北魏将领王肃、刘昶进攻南齐司州刺史萧诞，战事危急。齐明帝调遣左卫将军王广之前往援救，萧衍为偏帅，隶属王广之指挥。

军行至熨斗洲时，距萧诞的防地仅有百里。众将因为魏军强大，不敢再进。萧衍大展威略，对诸将说：“现在我们如果屯兵于下梁城，堵塞凿岘的险道，防守于雉脚之路，占据贤首山，借以连通西关，俯临贼垒，形成三面犄角之势，然后攻其不备，必定破贼。”可惜这一战略计划，没有被王广之等人采纳。

其后，王广之派徐玄庆进据贤首山，魏军截断了齐军的粮道。齐军诸将恐惧，不敢赴援玄庆，唯有萧衍自告奋勇，请求带兵领先援救。于是，王广之为其增配了精良的武器。萧衍遂衔枚夜行，在前开路。

进军途中，迷失方向。正当不知所措之际，忽见前面有象是持着两个火炬的人影，便跟随其后，果然找对道路，然后抄小路登上贤首山。广之的军队遂得以前进。

萧衍扎营未稳，魏军即来威逼，萧衍坚壁不出。王肃独自攻城，一鼓即退。刘昶得知，顿起疑心，萧衍乘机写信给他，施以反间之计，加深王、刘之间的隔阂。

一天早上，忽然刮起西北风，阵云随之而来，不久，直达王肃营地的上空。不久风回云转，还向西北。萧衍说："这就是所谓归气，魏军要逃跑了！"于是下令："望麾而进，听鼓而动。"王肃顷巢而出，率领所部十万之军，列阵于水北。萧衍亲自挥旗击鼓，声震山谷，勇敢的先锋将士，执短刀先登，其他将士，以长戟掩护他们，大家奋勇争先，英勇杀敌。城中见援军已到，也冲出城门，配合作战，魏军腹背受乱，因而大败。此役梁军斩获魏军以千计。战场上，尸体遍地，血流成河，王肃、刘昶单骑而逃。

长孙晟巧使反间计

隋文帝即位后，对突厥十分无礼冷淡，突厥非常怨恨。千金公主因为隋朝灭了自己的宗族，日夜向沙钵略进言，请他为北周宇文氏复仇。于是沙钵略对他的大臣们说：“我是北周帝室的亲戚，现在隋文帝代周自立，而我却不能制止，还有何面目再见夫人可贺敦呢？”于是突厥与原北齐营州刺史高宝宁合兵进犯。隋文帝忧惧，就下敕书命令沿边境增修要塞屏障，加固长城，又任命上柱国武威人阴寿镇守幽州，京兆尹虞庆则镇守并州，驻军数万以防备突厥。

当初，奉车都尉长孙晟奉命送北周千金公主人突厥成婚，突厥可汗爱慕他的箭法，留他在实厥整整一年，让自己的子弟和部落贵族与长孙晟结交往来，希望能学到他的箭法。沙钵略可汗的弟弟处罗侯称作突利设，深得民心，由于受到沙钵略的猜忌，就秘密派遣心腹与长孙晟结盟。长孙晟曾和他到处游猎，顺便察看突厥的山川形势和部众强弱，他将这些全部牢记在心。

现在突厥兴兵入侵，长孙晟上书说：“当前华夏虽然安定，但是北方突厥仍然不遵王命。如果兴兵讨伐，条件还不成熟；如果置之不理，突厥又时常侵犯骚扰。因此，我们应该周密谋划，制定出一套制胜的办法。突厥达头可汗玷厥相对于沙钵略可汗摄图来说，兵虽强大但地位低下，名义上虽然臣服于摄图，其实内部裂痕已经很深了；只要我们加以煽动离间，他们必定会自相残杀。其次，处罗侯是摄图的弟弟，虽然诡计多端，但势力弱小，所以他虚情矫饰以争取民心，得到了国人的爱戴，因此也招致摄图的猜忌，心中常忐忑不安，表面上虽然竭力弥缝自己行事的过失，但内心深感恐惧。再者，阿波可汗大逻便首鼠两端，处在玷厥和摄图之间。因为惧怕摄图，受到他的控制，这只是由于摄图的势力强大，他还没有决定依附于谁。因此，当前我们应该远交近攻，离间强大势力，联合弱小势力，派出使节联系玷厥，劝说他与阿波可汗联合，这样摄图必然会撤回军队，防守西部地区。然后再交结处罗侯，派出使节联络东边的奚、雪民族，这样摄图就会分散兵力，防守东部地区。使突厥国内互相猜忌，上下离心，十多年后，我们再乘机出兵讨伐，必定能一举灭掉突厥。”隋文帝看了长孙晟的奏疏，大为欣赏，因此召长孙晟面谈。长孙晟又一次一边口中分析形势，一边用手描绘突厥的山川地理，指示突厥兵力分布情况。文帝十分惊奇，全部采纳了他的建议。

于是派遣太仆卿元晖经伊吾道出使达头可汗，赐给他一面上绣有狼头的大旗；达头可汗的使节来到长安，隋朝让他坐在沙钵略可汗使节的前面。又任命长孙晟为车骑将军，经黄龙道出塞，携带钱财赏赐奚、、契丹等民族，在这些人的引导下，才得以到达处罗侯住地。长孙晟与处罗侯作了推心置腹的交谈，规劝他率领所属部落臣服隋朝。隋朝的这些反间计实行之后，突厥沙钵略可汗与其他部落果然互相猜忌，离心离德。

赵匡胤用间除林仁肇

公元 970 年，宋太祖赵匡胤，继平定荆湖、后蜀，又灭掉了南汉，到此，江南一带只有南唐尚未征服。南唐后主李煜自感势单力孤，就派使者向宋廷上表，愿去南唐国号，自称“江南国主”。

南唐都留守兼侍中林仁肇是位勇将，极力主战，要和宋朝较个高低。在宋朝征伐南汉时，他就建议乘机收得淮南失地。

赵匡胤了解到南唐表面上对宋朝自称藩臣，实际上不断操练军队，加紧奋战，一旦有事就可能乘机而起。后来，他进一步了解到林仁肇是南唐一位既有才智又有威望的将领，是南唐的一根得力柱石，不除掉林仁肇，要灭掉南唐是困难的。于是，他就日夜思考除掉林仁肇的办法。

宋太祖夜访赵普图

公元 972 年春，南唐派人出使到宋朝。赵匡胤就利用这个机会施展他的诡计。在这以前，他派善画的人为使者，以友好为名到江都访问留守林仁肇，从而观察他的相貌，偷画了一张小肖像。命人把这张画像悬挂在一处特设的高雅的宫室里。这时，派人故意引使者进入这座宫室，问使者认不认识所挂肖像是谁。使者心里一惊，回答说："这是我们的都留守林仁肇。"陪同的宋朝官员故作神秘地说："林仁肇对江南国主腐败不满，他准备来这边投降，先派人送来画像作为凭据。"说完又指着附近一所阔气的宅院说："听说他来以后，皇上要把这所庭院赐给他作府邸。"

南唐使者回到江南以后，把看到听到的这个重要情况，报告了南唐主李煜。南唐大臣陈乔看破了这个阴谋，但害怕受牵连，不敢向李煜报告。李煜不知是个阴谋，怀疑林仁肇欺骗自己，就利用请他赴宴的机会，暗中在酒里放了毒药，把林仁肇毒死了。宋太祖除掉了心腹之患，很快就发兵进攻南唐，不久就把南唐灭掉了。

利用敌方人员了解我方情况的机会，有计划地把假情况泄露给他，使敌方以假为真，受骗上当。这是常用的"反间计"。宋太祖赵匡胤利用此计，使南唐后主李煜这样政治头脑简单，又不能纳谏的人，一听就信，一信就错，以至受骗、上当还不觉醒。

巧用敌间谍

宋高宗绍兴二年（1132 年）土匪头子曹成聚众 10 万余人，占据了道、贺二州，到处奸淫掳掠，无恶不作。宋廷命令岳飞带部前去招抚，曹成不接受招抚。岳飞向皇帝上书说：土匪的力量强大时就横行霸道，烧杀抢掠，力量削弱时才有可能接受招安。如果不用武力围剿，只想通过谈判来招降，是不容易的。并请求让他带兵剿围土匪，宋高宗同意了。

岳飞率部进入贺州境内，下令安营扎寨，一边修整，一边等待时机。一天，岳飞坐在帐中正想着怎么才能制服曹成等匪徒，让他们老老实实接受招安。忽听外边一声报告，原来是抓了一个曹成派来侦察的间谍。岳飞眉头一皱，计上心来。连忙命人把间谍绑在自己大帐的外面，然后到帐外故意叫来管粮草的官吏，问他军中还有多少粮草。官吏向他汇报说："粮食快吃完了，怎么办？"岳飞大声说："那么只好先返回茶陵了。"一会儿，岳飞一回头看见了那个间谍，好像猛然省悟，假装很懊丧的样子，一跺脚走进了大帐。岳飞进入大帐后，暗暗命令手下人假装没看好间谍，让他偷偷跑掉。这个间谍趁机跑回去把这一情报报告了曹成，曹成听后大喜，心想真是老天助我，你岳家军再厉害，没有饭吃，空着肚子我看你怎么打仗。于是命令人马休息，准备第二天追击返回茶陵的岳家军。岳飞这里料定间谍跑回去报告消息，于是命令立即开饭，待将士们全都饭足菜饱以后，整点人马立即出发，一路急行军绕过山岭，不到天亮已经逼近曹成大营了。岳飞一声令下，战士们各个生龙活虎一般，奔曹营杀去。曹成这里土匪们还都在睡大觉，做梦也没想到岳家军已经杀到，所以听到喊杀之声，顿时乱作一团。这些土匪本来就是乌合之众，打了胜仗你争我夺，战败了就四散而去，互不相救。听到岳家军杀声震天，慌忙各自逃命，于是岳飞大破曹匪。

韩世忠反间成攻

公元1134年，金兵在叛将刘豫（被金封为“大齐皇帝”）配合下，渡过淮河，向南进犯。南宋楚州（治所在今江苏淮安）、和州（治所在今安徽和县）守将放弃淮南，退走江南。在这种情况下，淮东宣抚使韩世忠难以再守淮东，无奈退守长江北面的扬州。

宋高宗得悉金兵南侵，十分紧张，立即命令韩世忠加强防守，以图进取。韩世忠迅速在镇江进行了军事部署，留统制解元守高邮（今江苏高邮），抵抗金军步兵，自己率领骑兵屯驻大仪（今江苏仪征县东北大仪）抗击金军骑兵。这时南宋朝廷派魏良臣、王绘等出使金营，商议停战条件。他们从镇江渡过长江，途经大仪。韩世忠对主和派不放心，怕他们卖国求和，泄露军机；同时想到投降派也可以利用，通过他们施以“反间计”，诱敌上当。于是，他下令熄灭炊火，做出要匆忙撤军的样子，并向魏良臣等出示皇帝诏书，说是要撤到江边防守。待魏良臣等离开以后，立即调整部署，把部队分为五阵，在周围 20 多个地方设下埋伏，等候金兵，并规定听到鼓声一齐出击。

魏良臣等向北走到天长（今安徽天长县）遇到了金军将领聂儿勃堇。金将问韩世忠军的情况，魏良臣把所见所闻都告诉了金将。聂儿勃堇听说韩世忠要退到江边防守，十分高兴。他立即率领几百人马向瓜州（今江苏邗江县南）进发，他的部将挞也带领轻骑从五阵东侧经过。韩世忠为了把敌人引入伏击圈，亲自率少数骑兵与金兵前哨接战，待金军进入伏击圈后，即令擂鼓，战鼓一响，伏兵四起，五路宋军把金军团团围住，金军失去指挥，顿时陷入混乱，宋军一批一批地向上冲杀，韩世忠的亲军个个手持长斧，冲入敌阵，上砍敌人胸膛，下砍敌骑马腿，金兵被赶人泥淖之中，刀枪弓箭都不能发挥作用，遭到惨败。韩世忠军追杀 20 多里，活捉金将挞也等 2 加多人。

韩世忠善于把握敌我之间复杂变化的情况，捕捉稍纵即逝的战机。一见使臣经过，即想到敌人一定询问军情，主和派使者必然如实以告。给使者以假象，借使者进行反间，是敌人万万没有料到的。

岳飞用间杀叛贼

公元 1130 年，南宋济南知府刘豫反叛宋朝，投降金主，在大名府（今河北大名南）被金主封为大齐皇帝。此后，刘豫多次配合金兵攻打宋军，成为宋军北伐的极大威胁。

公元 1137 年，岳飞奉命进攻金兵。他认为，要打败金兵，必须先破坏刘豫与金人的关系，进而除掉他，以削弱敌人的力量。岳飞了解到，金人内部对刘豫态度不一，金将粘罕对刘豫亲善，金国元帅完颜宗弼（即金兀术）对刘豫憎恶，就想利用这个矛盾离间敌人。

这时正好宋军捉到了一个金兀术派来的间谍，岳飞就决定利用他进行反间活动。岳飞把这个间谍找来，当面故意责问："你不是张斌吗？前些日子派你送信给齐王，约他和我们一起把金兀术引诱到清河（今江苏淮阴东大清河），两军夹击，把他消灭。你带着我的信不到齐王那里去，差点儿误了我的大事。"间谍听了岳飞这番话，丈二和尚摸不着头脑，但怕岳飞杀死他，为了保住性命也就默认自己是张斌，并向岳飞叩头求饶。岳飞就给刘豫写了一封信，约刘豫一起诱杀金兀术，又把信装在蜡丸里封好，为了防止丢失，在间谍的腿上割开一个口子，把蜡丸塞到里边，包扎起伤口。然后，岳飞对间谍说："我饶恕了你，这回你要严守秘密，一定把信送到。"

岳飞奉诏班师

这个间谍以为不但保住了性命，还意外地得到了重要情报，真是喜出望外。他急忙跑回金国，把信送给金兀术。金兀术看后，又惊又怒，他把这封信报告了金朝皇帝。金主下令把刘豫废掉，并充军到临潢（今内蒙古自治区西林县）。

岳飞利用敌人营垒内部的矛盾，巧借敌间，诈中又诈，用一个反间计除掉了一个叛贼，解除了一大威胁。唐朝杜牧说：“敌有间窥我……示以伪情而纵之，则敌人之间，反为我用也。”这个成功事例，可以作为对这段话的生动说服。

放间谍为我所用

北宋时，李允则镇守边关抓到一名间谍，他令部下给间谍松下绑绳，并且友好地款待他。这个间谍说他是契丹燕京大王派遣来刺探军情的，说完交出了他侦察到的宋军钱粮兵马的情况。李允则仔细浏览了一遍说：“你侦察到的情况不太准确，有错误，回去不好交差。”于是把主管人员召来，告诉了间谍钱粮兵马的实际数字。间谍请求盖上官印且封好，李允则一一答应，又给了他许多钱，然后放他回去。

李允则的部下对他的做法很不理解，问他说：“这个间谍侦察到我们不少情况，您不但不杀他，反而给他钱送他回去，他把情况告诉敌人，我们就危险了。”李允则说：“你们放心，他一定会回来为我们效力的。”果然不出所料，第三天，这个间谍又急匆匆跑回来，把李允则提供的材料，原封不动地交了回来。不但如此，还把契丹的兵马、钱粮、经费以及地理等情况，全部告诉了李允则。

李允则对待敌方的间谍非常友善，并且给予重金，这是他采取的以攻心为主的反间计，让敌方间谍心甘情愿地替自己服务。

宋江计取曾头市

话说金毛犬段景住，在北方盗得大金王子乘坐的一匹千里马，唤作“照夜玉狮子马”，要献给宋江，不料被曾头市曾家五兄弟劫走。那曾头市共三千余家，内有一家，唤曾家府。老子名为曾长者，下面有五个儿子：曾涂、曾密、曾索、曾魁、曾升。又有一个教师史文恭，一个副教师苏定，聚集五七千人马，造了五十余辆囚车，发誓要与梁山泊为敌，定要捉尽山寨头领。晁盖领兵前去问罪，结果兵败受挫，自己也中箭身亡。尔后梁山泊战事频繁，与曾头市的冲突暂时搁置起来。忽一日，段景住又来报告，称他和杨林、石勇在北京买的二百余匹好马，又被一个唤作险道神郁保四的率二百余人尽数劫走，解送曾头市去了。宋江闻报大怒道：“前者夺我马匹，今日如此无礼。晁天王的冤仇未曾报得，旦夕不乐，若不去报仇，惹人耻笑。”吴用也道：“即日春暖，正好厮杀。”

宋江、吴用率梁山泊人马，史文恭带曾头市人马，在曾头市外摆开战场。双方几经交战，互有损失，其中曾家大儿子曾涂死于非命，史文恭夜里劫寨，中了梁山泊的埋伏，曾家三儿子曾索又阵

宋公明夜打曾头市

亡。曾长官见连折二子，烦恼倍增。次日要史文恭写投降书。史文恭也有八分惧怯，随即写了投降书，送到宋江营中。宋江看罢来书，扯书拒降，要与晁盖报仇。还是吴用从旁劝解了，方写了回书。书中云："若要讲和，便须发还二次原夺马匹，并要夺马凶徒郁保四，犒劳军士金帛。忠诚既笃，礼教休轻。如有变更，另有定夺。"曾长官与史文恭看了，俱各惊忧。次日，

曾长官又派人来说，若肯讲和，请各派人质。宋江不肯，吴用道："无伤。"随即差时迁、李逵、樊瑞、项充、李衮五人，前去为信。临行时，吴用向时迁交待了计策。曾头市那边，派曾升带郁保四，来梁山泊这边做人质。

两家正在为讲和、还马之事讨价还价之际，忽报青州、凌州援助曾头市的兵马到来。宋江道："那厮们得知，必然变卦。"暗下号令，差关胜、单廷硅、魏定国，去迎青州军马；花荣、马麟、邓飞去迎凌州军马。暗地叫出郁保四，好。言抚恤，十分恩义相待，说道："你若肯建这场功劳，山寨里也教你做个头领。夺马之仇，折箭为誓，一齐都罢。你若不从，曾头市破在旦夕，任从你心。"郁保四听言，情愿归顺，从命帐下。吴用援计与郁保四道："你只做私逃还寨，与史文恭说道：'我和曾升去宋江寨中讲和，打听得真实了：如今宋江大意，只要赚这匹千里马，实无心讲和，若还与了他，必然翻变。如今听得青州、凌州两路救兵到了，十分心慌，正好乘势用计，不可有误'。他若信从了，我自有处置。"

郁保四领了吴用语言，直到史文恭寨里，具说一遍。史文恭与曾长官商量已定，要劫宋江大寨。当下传令与北寨苏定、东寨曾魁、南寨曾密，一同劫寨。

郁保四却闪入李逵等人住的法华寺大寨内，暗与时迁通报消息。

再说宋江同吴用说道："未知此计若何？"吴用道："如是郁保四不回，便是中俺之计。他若今晚来劫我寨，我等退伏两边，却教鲁智深、武松，引步军杀人他东寨；朱仝、雷横，引步军杀人他西寨；却令杨志、史进，引马军截杀北寨：此名番犬伏窝之计，百发百中。"

却说当晚史文恭带了苏定、曾密、曾魁，尽数起发，袭宋江总寨。见寨内空无一人，情知中计，未时已晚。只见曾头市锣鼓炮响，却是时迁所为。李逵等人从法华寺杀了出来，梁山泊两路大军自外杀人，曾长官自缢身亡。苏定、曾密、曾魁俱死于乱军之中，史文恭被卢俊义活捉，被押上梁山泊，祭了晁盖灵位。

巧施反间计

曹玮做渭州知州时，号令严明，甘肃一带人都畏惧他。有一天，正召众位将领饮酒，正巧有几千名叛变的士兵逃走，投奔到敌人境内。守卒飞马来报告此事，众位将领相顾失色。曹玮谈笑自若，就跟平时一样，他从容地对来报告消息的骑兵说："这是我命令他们去的，你千万不要说出去。”这句话被甘肃一带的人听到，以为这些叛军是来偷袭自己的，把他们都杀了。

统制郦琼捆绑着吕祉，背叛南宋，去投降受金人册封的大齐皇帝刘豫。张魏公正在宴请他的部下，这条消息传到，满座的人都大惊失色。张魏公神色不变，高高兴兴地喝酒，一直喝到深夜，之后就把写好的信用腊丸密封住，派勇敢不怕死的士兵拿着这封信给郦琼送去。信上说：“这件事可以办成，就把它办成功；不能办成功，赶快保全部队回来。”敌人得到这封信就对郦琼产生了怀疑，分管了他所带来的士兵，把他们严密监督围守起来。边防靠着张魏公所施用的这种反间手段得以安定。

伯颜释谍服宗王

元世祖至元二十九年（公元 1292 年）秋，宗王明理铁木儿挟持亲王海都王发动叛乱，元世祖忽必烈令伯颜率军平叛，两军对峙于阿撒忽秃岭。当时叛军箭如雨下，三军见此都畏惧不敢向前，伯颜见状对三军大喊道：“你们冷的时候，君王给你们衣服；饿的时候，君王给你们饭吃，现在正是要你们在这个时候效力。此时此地不努力奋争，你们还想如何报答君王！”

随即指挥三军前进，并传令后退者斩。伯颜身先士卒，冲锋陷阵，众将士见此无不奋勇争先，大败宗王的军队。明理铁木儿突围而逃，伯颜派速哥、梯迷秃儿等继续追击。自己则带一部分部队连夜撤回，走到必先秃时，突然遭敌伏击，但伯颜就地坚守，丝毫不乱，黎明时，敌兵退去，伯颜率轻骑乘势追至别竭儿，这时速哥、梯迷秃儿等的追兵也赶到了，两边夹击，斩敌首级二千，其余全部俘虏带回。伯颜手下的将领对他说：按照古礼，部队打了胜仗以后必须在征伐之处祭军旗。并且想用俘虏做祭旗用的三牲，伯颜没有同意，大家皆叹服伯颜的仁慈之心。军中抓到了明理铁木儿的间谍，大将忻都想把他杀了，伯颜不但没有同意，反而用厚礼招待他，并让他给明理铁木儿送封信，信中说明了利害，明理铁木儿接到信后感动得流下了眼泪，并率众归降了伯颜。

巧用敌间是各种谋略手段中的一种。交战中获取优势的一方往往忽略它。元将伯颜计胜一筹，在打了胜仗战场势态明显有利的时候，冷静而妥善地处置被俘间谍，以攻心手段将胜势迅速扩大。这一成功的计谋发人深思。

旃陀罗笈多将计就计破敌兵

在印度一王国，沙摩陀罗笈多国王去世后，大王子罗摩揭多继承了王位。罗摩揭多是个胆小怕事、只会享乐的无能之辈。他当政后，整日不理朝政，却沉醉于玩弄太监、侏儒等怪形儿。而他的弟弟旃陀罗笈多却不像他那样，既聪明，又勇敢。一次，国王和皇后去中印山区游览，塞种人瞅准机会，把罗摩揭多等人围困在狭谷之中，并给他送来了协议书，要他接受。协议书中要罗摩揭多献出皇后和贵族妇女。国王与大臣希克尔斯米商量，接受了这一屈辱的协议。正在这时，小王子旃陀罗笈多赶到了那里。面对国王已签好的协议，旃陀罗笈多又恼又恨，因为这太失国体了。怎么挽回已经形成的局势呢？旃陀罗笈多苦苦思索，终于想出了一条良计。

他在协议书后附了一条，就是要让他们的贵族青年护送皇后和贵族妇女同去，塞种王轻易地便答应了这一要求。旃陀罗笈多假扮成妇女的模样，随同皇后一行同往。到了塞种王皇宫，皇后与男扮女装的旃陀罗笈多争说自己是皇后，塞种王见一对如此美丽的天仙，就说："不用担心，我把你们都立为皇后。"这时，旃陀罗笈多摘下首饰，露出本相喝道："我是旃陀罗笈多，你的死期到了。"塞种王大吃一惊，旃陀罗笈多乘其惊慌未定，一剑结果了他的性命。这时，其他贵族青年也与塞种兵展开了一场短兵相接的战斗，他们个个都是旃陀罗笈多亲自挑选的精悍青年，所以很快便将塞种人杀得溃不成军，最后终于取得了大胜，洗刷了耻辱。

在敌为刀俎、我为鱼肉的情况下，切不可硬拼。旃陀罗笈多的机智就在于他不仅能暂忍屈辱，而且又将计就计，战胜对手。

贾那吉耶使罗刹归顺

摩揭陀国难陀王在宰相罗刹的辅佐下，国势强盛。可是，有一次，难陀王当众侮辱了大臣贾那吉耶，贾那吉耶发誓摧毁难陀王朝。终于，他买通山区国王波婆多迦，围攻摩揭陀国首都，杀死了难陀王。

贾那吉耶认为，只有智勇双全的忠臣罗刹才是新王朝宰相的理想人选。恰好这时贾那吉耶的密探前来报告，说发现罗刹的妻儿藏在珠宝商家中，并捡到了罗刹的指环印。贾那吉耶见此指环印，马上想出了一个让罗刹归顺的妙计。

破曹丕徐盛用火攻

他口授一封假信，派心腹西达尔特格去让罗刹的原秘书夏格德陀娑笔录。然后，他把盖上罗刹指环印的假信和指环印一同交给西达尔特格，并且面授机宜。同时，他下令逮捕夏格德陀娑和珠宝商。西达尔特格执行贾那吉耶的秘密计划，假装从法场上救出夏格德陀娑，一同投奔罗刹。罗刹信以为真，西达尔特格又将罗刹的指环印交还罗刹。罗刹吩咐夏格德陀娑保管。

接着，贾那吉耶又假装与月护王发生争吵而辞职，以迷惑敌方。同时，贾那吉耶安插在敌方的间谍，在摩勒耶盖杜面前挑拨离间说，罗刹恨的是贾那吉耶而不是月护王，一旦月护王摒弃贾那吉耶，罗刹就会与月护王言归于好。这样，摩勒耶盖杜对罗刹产生了怀疑。接着，贾那吉耶又进一步在摩勒耶盖杜面前造谣说，毒死他父亲的不是贾那吉耶，而是罗刹，以煽动他对罗刹的仇恨。接着，西达尔特格假装企图非法逃回摩揭陀国，替罗刹送信。他被卫兵抓获后，交出那封盖有罗刹指环印的假信。信中捏造的内容是罗刹与其他几位盟王密谋反对摩勒耶盖杜。罗刹面对好友夏格德陀娑的笔迹和自己的指环印戳，辩解不清。摩勒耶盖杜中了反间计，下令处死与罗刹“勾结”的五位盟王，并驱逐罗刹出境。

罗刹无可奈何，又回到了摩揭陀国。贾那吉耶乘机消灭了摩勒耶盖杜，同时，他假装下令将要处死珠宝商。罗刹在绝望之余，决定牺牲自己，赎出朋友，这正合贾那吉耶的心意。罗刹来到法场，贾那吉耶亲自迎接，向他解释这一切都是为了让他归顺。并对他说如果他同意担任新王朝的宰相，为新王朝出力，那他就放了珠宝商。罗刹为了拯救忠诚的朋友珠宝商，只得同意归顺新王朝，接受宰相职位。

丰臣秀吉的反间计

日本最高执政官丰臣秀吉在侵朝战争中（壬辰战争）设计陷害了朝鲜水军最高统帅李舜臣。日本的侵朝战争，由于李舜臣的朝鲜舰队在海上的突出表现，使日本的“水陆并进”计划破产，在陆上取得的巨大战果（已侵占平壤以北的大片土地）也毁于一旦。1553 年 4 月，丰臣秀吉以假和谈稳住朝鲜以后，终于悟出一个道理：只有确保制海权，才能保住海上运输线，这样才能使兵源和补给从日本不断地运往前线，才能取得最后的胜利。但是，要做到有制海权，不除掉朝鲜水军统帅李舜臣是定然不行的，日本海军已是李舜臣的手下败将，从未赢过。于是丰臣秀吉决意，先从李舜臣下手，除掉他。

丰臣秀吉的方法是：施用反间计，利用历来封建君主对大功臣固有的不信任感，陷害李舜臣。

李舜臣由于屡次打败日本海军，挫败日本侵略朝鲜的企图，战功赫赫，被朝鲜国王李昖封为二品正宪大夫，三道（全罗、庆尚、忠清）水军统制使（据说是专为他而设立的职衔，即水军最高统帅）。1597 年年初，一个日本间谍在京城（汉城）散布谣言：李舜臣欺瞒国王，放走敌将加藤清正，李居功自恃，阴谋篡夺王位等。当时朝鲜统治集团内部党派斗争激烈，因李舜臣是由朝鲜的南人党推荐的，北人党和西人党便乘机陷害李舜臣，说他图谋不轨。国王本来就担心李舜臣功劳、地位显赫而威胁他的王位，加上一些海军败将的嫉妒，昏庸的国王偏听偏信，1597 年 2 月，以“放走敌将”为罪名，下令逮捕李舜臣，免去他的一切职务，贬为士兵，白衣从军。丰臣秀吉的阴谋得逞了。

1597 年 3 月，丰臣秀吉以议和破裂，派出小西行长，加藤清正统领 14 万陆军，数百艘战舰，再次大举进犯朝鲜。8 月，日本舰队突袭朝鲜水师，无能的朝鲜水师统帅元均猝不及防，遭到惨败，日军乘胜前进，攻占闲山岛。朝鲜水师一败再败，损失大部分舰只，导致全军濒临崩溃。国王自食其果，李氏王朝再次出现岌岌可危的局面。

妙计失泄巴黎失陷

莱比锡会战以后，拿破仑逃回巴黎，准备迎击联军的入侵。到 1814 年 1 月，拿破仑勉强凑齐 10 万人，可其中的骑兵仅有 1.2 万人，这使拿破仑在兵力使用上必然捉襟见肘。1 月 1 日，联军 18 万大军渡过莱茵河进入法国本土，仍然以布吕歇尔的西里西亚军团（6 万人）、施瓦岑贝格的波西米亚军团（10 万人）为主，外加比罗指挥的 2 万人，联军呈半园形向巴黎实施向心攻击。到了 3 月中旬，拿破仑到处出击仍然无济于事，布吕歇尔和施瓦岑贝格从东北、东南两面夹击巴黎，巴黎处在危险之中。就在这关键时刻，拿破仑构想了一个妙计。

在法军无力守住巴黎城的情况下，针对施瓦岑贝格一贯谨慎小心的弱点，他决定带领一支 4 万人的部队从布吕歇尔和施瓦岑贝格两军间隙地东进，直抵圣迪济埃，威胁施瓦岑贝格的后方和交通线，迫使胆小的联军统帅退往莱茵河，从而达到解巴黎之危的目的。这个计划虽然具有不可否认的冒险性，但在当时也不失为一策，如果能如实施行将会产生不可估量的作用。非常不幸的是拿破仑在写给玛丽·路易丝皇后的一封信中泄露了这一秘密，这封信被布吕歇尔的骑兵截获。信的内容是："我决定东进马恩河以迫使敌军远离巴黎，并将敌吸引到我的要塞附近来，今晚我将驻扎在圣迪济埃。再见！亲爱的！吻我的儿子。"（摘自《拿破仑》第 324 页）

拿破仑按计划行事，3 月 22 日开始东进。因拿破仑的计划已被联军悉数掌握，布吕歇尔和施瓦岑贝格决定：不理会拿破仑的行动，协力并进。25日直驱空虚的巴黎，27日在莫城渡过马恩河下游，联军以压倒优势，兵临巴黎城下。马尔蒙率领七零八落的法军走头无路，不得不于30日签署了投降书。次日，联军进入巴黎，正在东进的拿破仑于29日得知联军已围困巴黎，自知铸成大错，火速往回赶，30日晚抵达巴黎以南12英里的儒维西（今为巴黎郊区），但巴黎已经投降。4月2日他只得退位。

时至今日，人们仍对他的东进计划褒贬不一。有的认为他当时的战略意识已失去平衡，纯粹是冒险行动；也有的认为在当时他只能选择这条路，因为在此前他提出休战已遭联军拒绝，象他这种十分自信的人是绝不会在战场上未见高低就愿意俯首称臣的，更何况这个计划确有其独到之处。假使没有泄露，绝不能排除施瓦岑贝格的后顾之忧，因为拿破仑对他们太了解了，同样他们也知道拿破仑的利害。作为一个作战计谋，虽然它因泄露而失去价值，但对后人学习战争仍不失为一个好的借鉴。

德卡兹将计就计挫败俾斯麦

1871 年的普法战争虽以普鲁士的胜利而结束，但铁血宰相俾斯麦并不放松对法国的警惕。他深知法国对普鲁士的仇视，欲置普鲁士于死地。因此，俾斯麦施展一系列的外交手腕，孤立、恫吓法国，意欲使它彻底屈服。但法国复仇之心不死，积蓄力量，随时准备向德国挑战。1875 年初，法国拟向德国购买 1 万匹马。3 月，法国议会又通过了扩充军队的法案。这些引起了俾斯麦的警觉。他认为必须设法遏止法国的扩军行动，否则后果不堪设想。尽管普鲁士当时实力充足，可以打败法国，但是没有足够的理由发起战争。俾斯麦还担心英、俄、奥、匈等国为避免德国势力继续扩张而站在法国一边进行干预。因此，最好的方式还是进行外交恫吓。他一方面在国内下达禁止马匹出口的命令，一方面授意新闻界对法国新的军事法案予以抨击。一时间报纸、电台铺天盖地指责、批评法国，仿佛德、法之间立即就要开战。国际局势亦随之紧张起来。俾斯麦暗暗得意，以为这样一来就能把法国吓住。

法国外交部长德卡兹看穿了俾斯麦的诡计，于是将计就计，故意在英、俄、奥三国面前装出一付胆怯的样子，好象法国又要受到德国的欺凌了，希望俄、英等国为它主持公道。同时德卡兹还利用一切机会散布德国要发动侵略战争的消息，法国大使冈多一别朗汇报德国大使拉多维茨在英国大使宴会上，谈到德国一些政党领袖主张预防性的战争是正义的战争的议论。德卡兹立即把这些言论印成副本分别寄给法驻俄、英等国的大使，让他们提请列强注意德国这种战略思想。沙皇亚历山大二世正准备访问德国，法国还专门把这份文件送交沙皇过目。

1875年5月，沙皇抵达德国，向俾斯麦明确表示，俄国不能容忍德国对法国发动新的战争。俾斯麦极力否认德国有此意图，认为这是德卡兹的污蔑。但沙皇根本不相信，离开柏林之前，他向俄国所有驻外使节发了一个通电："皇帝离开柏林，完全相信，和平的愿望在这里已占优势，和平的维持已经有了保证"。通电在报纸上披露时，把最后的一句话改为"现在，和平已经有了保证"。这样就给人们造成一种印象：只有沙皇来柏林以后，欧洲和平才有了保障。似乎沙皇是一位和平使者，而俾斯麦却是战争的制造者。俾斯麦原想以战争舆论恫吓法国，却不料弄巧成拙，搬起石头砸了自己的脚。

英国情报组织放长线钓大鱼

在第一次世界大战前，德国为了能在未来的战争中战胜英国人，其情报机构向英国本土派出了大量的间谍，收集英军的有关军事情报。一次，英国情报领导人凯尔根据他的下属报上来的情报发现，一家理发店原来是德国间谍的联络站，理发师就是一个间谍头目，这个联络站与德国情报机构联系密切。凯尔派人截取和检查了该理发店发往国外的所有信件，从中发现德国谍报网已经遍及整个英国，特别是海港城市。这个惊人的发现令英国政府慌张不已，不少人要求立即将已知的间谍捕获，迅速破坏德国人的间谍组织，以免他们获取更多的英国军事情报。但是，凯尔否定了这一做法，他决定放长线钓大鱼，利用已经掌握的情况顺藤摸瓜，以发现更多的间谍。

从此，英国情报机构掌握这家理发店发出的所有信件。他们在这些信件上做手脚，给德国人送假情报。许多德国间谍都成了英国人的义务假情报员，但他们却蒙在鼓里。比如，有个叫卡尔·米勒的德国间谍，用隐形墨水写信传递情报，他的信件自然也一封不漏地被凯尔截获了，每当凯尔将信看完后，再命令手下的人伪造一封假信给德国人寄去，这样德国情报机构就源源不断地收到了英国人的假情报了。英国人通过这种暗中观察的方式，一直在掌握着德国人的间谍组织，直到1914年8月4日英国对德国宣战的那一天，英国才一举逮捕了包括那名理发店师傅在内的21名德国间谍。这次行动使德国的间谍组织遭到了沉重的打击，在此后的将近一年时间里，德国人未能在英国开展任何间谍活动。

英国人妙布迷阵

第二次世界大战爆发后，德国人为使他们入侵英国的计划顺利得手，便开始千方百计地利用一切机会，刺探有关英国的国防情报。到了1940年10月，机会终于来了，德国人同西班牙的长枪党分子串通一气，策划把一名“西班牙青年运动”的代表派往英国，表面上是考察英国童子军运动，实际上却是为德国军方收集情报。但是，这一情况被英军的情报机构所获得，于是英国人便顺详敌意，迎接了这位远道来的“客人”。

这位“客人”被安排在雅典娜宫廷旅馆里，在他的住房里早已设置了暗藏的话筒和电话窃听器。那时整个伦敦只有 3 个防空炮群，有关当局将其中的一个调到这家旅馆附近的海德公园内，而且下令只是遇到空袭，不管敌机是否飞临，都要不停地射击。亲眼目睹了这一防空群，这位“客人”已经相信，伦敦到处都象海德公园那样高炮林立。一次“客人”乘飞机去苏格兰参观，他在空中不时看到一个中队又一个中队的“喷火”式战斗机接踵飞过。这是英国人的精心安排的，实际上，只有一个中队战斗机在奉命一次又一次地出现在那架客机的视野里。这样就会使人认为，尽管英国十分缺乏战斗机，但是英国从南到北到处都有飞机在领空中不停地巡逻。

当“客人”被带到海港参观时，又看到各种各样的军舰停泊在该港内。这一系列的参观，无疑为德国“客人”树立了一个坚不可摧的英国形象。英国人真可谓煞费苦心。后来英国当局获悉这位“客人”在给柏林的报告中，发出了不要进行任何入侵尝试的警告。他宣称所谓英国缺乏防备的说法纯粹是英国情报机构设下的圈套，其目的是诱使德国发动一场将导致毁灭灾难的进攻。英国人利用此事大做文章，加上其他迷惑手段，确实收到了良好的效果，最终使德国人下决心取消了入侵英国的计划。

美军将计就计破谍网

第二次世界大战中，美军采用将计就计的谋略，抓获了隐蔽在美海军内部，代号“卓别林”的双重间谍，并逐个清除了美军内部的里通外国分子，保卫了美军的机密。

1941年春天，一个没有外交特权，姓立花的日本人，来到日本驻美大使馆海军武官处，要求得到一笔秘密活动经费。据称，有个自称是太平洋舰队司令金梅尔属下的会计军士的美国人，对立花说，金梅尔的命令一般由他分送给其他军官。目前因他搞了个女人，需要用钱，如果在钱上给他方便，他可以把机密文件拿出来。当时日本的海军武官横山，思虑再三，怕是圈套，但副武官寺井却持积极态度。最后还是同意给立花一笔活动经费。立花用这笔钱，搞来了美军巡洋舰夜间射击训练的资料，并称还可搞到美国战列舰射击的资料。实际上，立花的行动早在美国海军情报部门的掌握之中，立花所利用的会计军士是个双重间谍，代号“卓别林”，此人的活动，也尽在美国联邦调查局的掌握之中。而美军采取将计就计，放手让其活动，适当时机再收网。立花藏在其住所的文件全部被搞去了副本，甚至他与来访者的谈话也全部录了音。尔后正当毫无察觉的立花，去洛彬矶码头取战列舰射击资料时，美军情报人员将其和会计军士双双抓获。

德国侵占荷兰时的反间谍战

德寇占领荷兰期间，其反间谍组织担负着侦破荷兰地下抵抗运动组织的任务。他们策划了一个狡诈险恶的阴谋，抓获荷兰秘密电台的报务人员，加以利用为德国服务，使他们继续收发电报，这样，既彻底破坏荷兰地下组织，又避免被发现采取挽救措施。这是一条既毒辣又狡猾的反间计。

在海牙市郊，德国赫尔曼·吉斯克斯少校领导的反间谍机构加紧侦破荷兰地下组织。1942 年 3 月，青年军官休伯塔斯·劳威尔斯被捕，经过严厉残酷的审讯，被迫供出了电台密码表。不久，吉斯克斯逼劳威尔斯向伦敦特别行运署发报。请对方空投补给品，劳威尔斯在电报中故意隐藏了一个告警暗号向伦敦暗示。不幸的是伦敦方面检查不严，居然以为一切正常，回电通知了下一次空投计划。致使空投的 5 箱物资器材全部被德国人截获。此后，吉斯克斯的爪牙渐渐地伸向整个荷兰地下组织。最多时他们控制了 14 处地下秘密电台。吉斯克斯通过这些电台不断向英国人送去假情报，并利用回电了解荷兰地下组织的机密，回电中与重大军事行动有联系的情报甚至直接交希特勒过目，还一次次向英国伦敦特别行动署请求援助。1942 年，一名英国情报机构的报务员从荷兰的德国监狱里潜逃出来，向英国当局报告说德国已经打入特别行动署在荷兰的许多无线电台，但仍未引起重视。

就这样，德国人瞒着英国人达三年之久，这期间，德国反间谍机构与伦敦特别行动署荷兰科一直保持着无线电联系；由英国所支持的荷兰从事的谍报活动都被德国人完全掌握；英国空投到荷兰境内的特工人员以及武器、弹药、现金、电台等援助品，统统成了德国反间谍战的战利品。更不幸的是误中反间计圈套，导致荷兰抵抗运动地下组织有 1200 人丧生，空投到荷兰的 52 名英国特工人员中 47 人被杀。这是多么惨痛的教训！

诱使隆美尔按盟军“计划”进攻

1942 年 8 月，德国和英国的兵力在阿拉曼前线对峙着，隆美尔开始计划对英军发动攻势。德军的军事地图和情报告诉他，英国人在阿拉曼防线南端兵力薄弱，这里是发动进攻的好地方。他设想首先从靠近海岸的、空气稀薄的峡谷里突破英军的阿拉曼防线，摧毁蒙哥马利的军队，然后进军开罗。

盟军的情报人员通过无线电侦知了隆美尔的此次行动。于是，英军前线指挥官蒙哥马利决定诱使隆美尔的坦克部队进入拉吉尔地区，以便给德军以重创。拉吉尔是一个沙漠很深，流动性大，不便于坦克装甲部队机动作战的地区。经过精心设计，一个欺骗计划开始了。首先，让已投靠英军的双重间谍“康多尔小姐”给隆美尔发报，说明英军准备在阿拉曼前线的南端阿拉姆·哈勒

征南寇丞相大兴师

法山岭抵抗任何的进攻，但是现在他们的防御力量很薄弱，如果隆美尔现在进攻，他就很容易突破英军阵地。其次英军的谍报机构又划了一张关于拉吉尔的地图，表明这个地区是“硬地”，是对德国装甲部队有利的地形。然后，派已犯死罪的史密斯少校，开一辆侦察车炸死在德军阵地前，这样隆美尔在毫不怀疑的情况下从史密斯少校的尸体中得到了这张假地图，隆美尔果然上当，让德军按地图上标明的“硬地”记号作为进攻的路线。邱吉尔后来也满意地写道：“这个假情报达到了预期的效果。当然，现在战争恰恰就是按照蒙哥马利所要求的形式进行的”。拉吉尔一战，英军只死伤 1640 人，损失坦克 68 辆、火炮 18 门，而德军死伤 4800 人，损失坦克 58 辆、火炮 70 门。这些损失对德军来讲是非常严重的，隆美尔不象英军那样很快能得到增援，德军夺取开罗的最后一次机会一去不复返了。从此，高傲的隆美尔开始丧失信心。

“霸王行动”中的反渗透战术

利用间谍和情报人员的渗透，获取敌方的情报，是各国情报机关采用的基本手段。早在 1942 年，美国反间谍部队就继承老的情报警察部队而组织起来，它很快就成为猎获德国间谍的一支独特力量。在 1944 年的代号为“霸王行动”诺曼底登陆战役之前，盟军为了做好其保密工作，他们依靠在不列颠岛上 2000 名反间谍特种部队和英国高效的反间谍机关来保护此次行动的秘密，组织破获德军的间谍和情报人员，挫败各种危险的阴谋。经过细心巧妙的行动，他们几乎全部掌握了纳粹派来的间谍，并巧妙利用一批间谍给德国送去假情报，以迷惑德军。

在登陆战役前，德国还曾想通过在荷兰的“北极行动”间谍网来获取盟军的情报。但是盟军在 1943 年底就掌握了“北极行动”的全部底细，并导演了以假乱真的骗局。德国的情报机关感叹道：“没有点滴消息，从盟军入侵部队所集结的那个守口如瓶的岛屿上泄漏出来……。我们已掌握的消息，没有能够提供有关入侵地点的确凿线索。”在缺少情报和大量假情报的欺骗下，德国一直认为盟军的入侵可能取道加莱海峡。盟军能够使“霸王行动”顺利实施，这其中盟军特种部队的反渗透战术功不可没。

德军歼灭美别动队

第二次世界大战中，美军与德军在意大利战场上展开交战。在一次战斗中，美军企图利用德军的间隙地带，派出部队穿插，德军在发觉美军企图后，将计就计，使美军的别动队营遭歼灭性打击。

美军以两个别动队营的兵力，利用德军防御部队的间隙地带，乘夜色秘密沿着潘塔诺运河实施战术穿插，企图在拂晓占领西斯特纳，为美军后续部队打开通往罗马的道路。第二天凌晨，美军两个别动队营到达预定的穿插终点一西斯特纳附近。眼看就要完成任务，穿插分队的美军加速前进。正在这时，突然枪声四起，德军的坦克和步兵从四面八方向穿插分队发起了冲击，炮火也急泄而下，美军别动队营陷入了四面挨打的困境，美军企图突围，但四周围得铁桶一般。虽经苦战，终因寡不敌众，美军两个别动队营只有 9 人得以逃脱。

原来，德军的防御部队早已发现了美军的穿插分队及美军的企图，德军指挥官决心将计就计，让其穿插，而在美军预定穿插终点的必经之路上，早已预设伏兵，并作了严密的部署和伪装，使美军两个别动队营遭毁灭性打击，付出了沉重的代价。

美政府染指海湾

中东历来是多事之地，其原因主要是由于该地盛产石油。西方国家石油消费的50%均来自这块“风水宝地”，美国对此早已垂涎三尺，特别是科威特等国通过增加产量，压低油价，给美国等西方消费国家带来好处，但此举遭到伊拉克的极力反对后，美国便对伊拉克耿耿于怀，早想兵戎相见，但因找不到借口，只好暗中窥伺时机。1989年4月，在伊拉克偷运核引爆装置败露后，伊以关系一度相当紧张。萨达姆借此时机一方面大造伊以战争不可避免的舆论，另一方面又暗中与以色列握手言和，以防备以色列袭击为掩护，秘密地进行侵科的战争准备。美国情报部对此早有察觉，而且，从1990年6月开始，美国侦察卫星就已发现伊拉克向科威特边境调动和集结重兵。但为了促使萨达姆把这步棋走完，美国政府将计就计，佯装不知。

8月2日，萨达姆终于出兵入侵科威特，从而为美国染指海湾，提供了极好的借口。美国随后打起“替天行道”的大旗，一方面带头对伊拉克实施经济制裁，另一方面开动起所有宣传机器，大肆宣扬萨达姆所犯下的“罪行”，使萨达姆成了众矢之的，世界舆论出现了一边倒的趋势。联合国接连作出决议，对伊拉克施加压力，敦促伊拉克尽早撤军，并于 11 月 29 日，通过了“678 号决议”，授权联合国部分成员国，对伊拉克使用武力，规定了伊从科威特撤军的最后期限为 1991 年 1 月 15 日。趁此机会，美国政府又打出“解放科威特”的旗号，为实现自己的战略企图，向前跨出了一大步。至此，美国政府染指海湾的方略业已完成。

第一个破译密码的人

世界上第一个破译密码的人是斯巴达人莱桑德。

公元前 6～4 世纪，雅典和斯巴达之间爆发了一场旷日持久的战争，斯巴达统帅莱桑德得到波斯帝国允诺的支持后，望眼欲穿地等候波斯的援兵，但时间一天天过去，波斯的援兵杳无音信。莱桑德派了一名间谍和一位使节去探察波斯人在搞什么鬼，但间谍和使节也一去不归。莱桑德坐卧不安。

就在这时候，斯巴达人抓获了一名行迹可疑的行路人，并把他带到了莱桑德面前。莱桑德见可疑人披一件破烂的羊皮袄，系一条羊皮腰带，俨然一个逃亡奴隶，又是哑巴，甚感失望。他扯下哑巴的羊皮腰带狠狠地抽去——突然，莱桑德发现羊皮腰带的背面，乱糟糟地写满了希腊字母。莱桑德冷静下来，“难道这腰带上有什么秘密？”他亲自在哑巴身上摸了个遍，但一无所获；他又下令把哑巴的头发剃光，哑巴的头皮上现出两行烙着的希腊文一这足以证明哑巴是雅典人的间谍。从其行走路线判断，他是前往波斯帝国的。莱桑德笑了，“总算找到些蛛丝马迹。”

莱桑德决心从羊皮腰带上搞个水落石出，但无论怎么察看羊皮腰带，就是看不出个头绪。莱桑德看得两眼发麻，无意识地把羊皮带卷了起来一“嗯？怎么回事？”莱桑德发现羊皮腰带上的字母并非杂乱无章，而似乎是有一定的规律。莱桑德命令士兵拿来一根根圆筒形木棒，尝试着把羊皮腰带一圈、一圈地缠绕在木棒上，最终找到了一根最合适的木棒，羊皮腰带上的字母立即组成一个个单词，汇成了一段意思完整的重要情报。

情报的大意是：雅典人已知道波斯人杀掉了莱桑德派出的间谍和使节，准备与莱桑德决一死战；波斯人将在决战时候，突然袭击莱桑德，置斯巴达人于死地。

莱桑德怒不可遏，立即重新调整部署，率大军渡过大海，向波斯帝国发起突然袭击。波斯猝不及防，一败涂地。莱桑德回师后，借助余威，又打败了雅典。

莱桑德破译古代雅典人的“天书”纯属偶然，但由此而获得的胜利是具有重大意义的，莱桑德也因此名垂青史。

搜集情报利用信息——捕捉信息法

现代商战中，应做到“知己知彼”，首先较难以做到的是“知彼”，为了“知彼”怎么办呢？

《孙子兵法·用间篇》中说：“故用间有五：有因间、有内间、有反间、有死间、有生间。五间俱起，莫知其道，是谓神纪，人君之宝也。因间者，因其乡人而用之。内间者，因其官人而用之。反间者，因其敌间而用之。列间者，为诳事于外，令吾间知之，而传于敌间也。生间者，反报也。”

其意思是说，使用间谍有五种：这就是因间、内间、反间、死间和生间。这五种间谍都使用起来，就会使敌人感到高深莫测，这是神妙的道理，也是国君的法宝。所谓有因间，就是诱使敌国乡里的普通人做间谍。所谓内间，就是收买敌方的官吏做间谍；所谓反间，是指收买或利用敌方间谍为我用；所谓死间，就是由我方间谍传递情报，使敌人信以为真，从而诱敌上当；但敌人事后将因受欺骗而处死我之间谍，所以叫做死间；所谓生间，就是完成侦探任务后，能够生还。

用间，就是为了知彼，所以孙子关于用间的思想，实际上是如何搜集利用信息的问题。

在当今的商战中，涉猎情报必不可少，无论是社会主义的商战还是资本主义的商战同样如此。

在商战中，捕捉信息是十分重要的。

信息，虽然不是强大的能源，也不是坚固的材料，但它却有一种特殊的功能，就是能将一种动态状况反映出来。

抗天兵蛮王初受执

如果在商战中能很好的获取和利用信息，就可避免商战中无谓的牺牲，收到事半功倍的效果。

如何捕捉

信息呢？

在生活中捕捉。如日本有位小商人叫吉田正夫，当初他每天起早贪黑经营，也只能赚到几块钱维持简朴的生活。

有一次，他到外地探亲，偶尔看到一种小虾，人们买这种小虾只是为了观赏而不是吃。

后来，吉田正夫受到这种小虾的生活习惯的启发，把这种成双成对的小虾生活在石缝的一辈子喻作爱情专一不变的象征。

由此，吉田正夫经过一番筹划和设计后，他在东京开办了一家结婚礼品商店，专卖这种小对虾，果然生意兴隆，没几天工夫，吉田正夫已腰缠万贯了。

从市场上捕捉。这种捕捉可在需求之间的裂痕上下功夫。如能及时发现这种裂痕，就是发现了有用的信息。

从报刊上捕捉。加拿大有家鲍尔公司，是当今该国最大的控股公司之一，现在有资产近 20 亿加元，年利润超过 2 亿加元。可它的起家大部分是靠信息帮助的。

戴马雷就是的尔公司的代理人。1950 年鲍尔公司濒临倒闭，戴马雷从一则报上闻讯后，以极低的价格买下该公司的 25％的股份。

后来，经过戴马雷等几十年的努力，把公司发展成为今天的样子。

据鲍尔公司反映，它们之所以有今天，全凭戴马雷的信息观念。

以假治假

明朝正德年间，在福州鼓楼鸡口，福建才子郑堂开了个字画店，一时生意兴隆，顾客盈门。一天，看人拿着五代名画家的《韩熙载夜宴图》来押当，这是一幅稀世古画。手续谈妥后，郑堂当场支付了八千两银子，那人答应到期付一万五千两银子后，取回这幅画。可是到了最后一天，还不见那人来赎画，郑堂起疑心，仔细再验画，发现竟是幅假画。郑堂很气愤，决心治一治那骗子。

押当到期后的第三天，郑堂邀请全城名人学士和字画行家聚宴。酒至半酣，郑堂取出那幅画，说：“今天一方面向大家表示郑某立志此行，决不因此而罢休的决心；另一方面让同行共同看看这幅假画，见识一下当今骗子高超的技术，以防再步郑某的后尘。”来宾看完后，郑堂将假画投进火炉，当众焚烧，并说：“不能留此假画再害他人！”看着假画化为灰烬，人群中有一人感到分外高兴。

第二天，郑堂刚到店里，就见那押当假画的骗子早在等他。说是有事误了时间，故今日才来，并说："无妨，给你加三成的利息，全当这几日的补偿。"郑堂一算，本息共计是一万五千二百四十两银子。骗子说："好，我兑银，请郑先生兑画！"郑堂取出那幅假画，骗子付了银子，接画一看，瘫倒在地。那骗子以为郑堂烧了画，定拿不出原画来。那知郑堂早已察觉画是假的，便知此人定是骗子，当时故作不知。过后请画工仿制了一轴，设宴焚画，烧的是另外仿制的那幅。以假治假使骗子大吃其亏。

以牙还牙

有一次，我国某钢铁公司急需引进两套大型轧机。当时有两个国家的四个公司报了价。但我方认为，只有 A 国甲公司的技术最合适，其他几家的技术不具优势。但甲公司自恃技术先进，而且在中国交往甚广，态度十分傲慢。他们的报价极高，无论我方如何还价，都不肯让步。在这种困难的情况下，我方用户请来了谈判高手、久负盛名的王先生出马担任价格主谈。王先生是中国某公司的顾问、高级工程师。20 多年来，王先生参与了250多次技术引进项目的谈判，为国家节约了大笔外汇，可谓经验丰富、成绩卓著。

谈判开始时，王先生出于策略，主动约见了甲公司主谈，M先生，希望他能在价格上做出一些让步。可没有想到，M先生态度十分不友好，对王先生说："我们公司报价的有效期是3月15日，过了这个期限，我们的价格还要提高，你不要指望我们降价了。"看到此情况，王先生只好告辞，他心中暗暗谋划好了谈判策略。王先生故意冷淡了甲公司，反而频频接触另外三家的谈判代表。这就形成了一种竞争局面。在同A国乙公司的谈判中，经过反复讨价还价，乙公司的报价已低于甲公司很多。王先生认为谈判时机已到，他找来了甲公司的分包人，对他放风说："甲公司的报价不如乙公司的具有竞争力，甲公司大有失去这次成交机会的可能。"甲公司再也不能傲慢自恃了。他们主动约见王先生，并要求同王先生继续谈判。王先生见反攻的时机已到，便向对方施展了"以其道，还其人"的策略，他郑重地说："你们等着吧，到3月15日我会给贵公司答复的。请注意，这是贵公司规定的报价期限。"王先生又借此机会，把价格还得比乙公司的报价低2000万美元的数目上，并要M先生3月15日前答复。M先生见此情况，怒气冲天，他责怪我方没有诚意，要求我方赔偿他为这笔生意所花掉的一切费用，否则，就和我方打官司。M 先生的蛮横要求，王先生作了理直气壮的回绝。在离最后的期限只有 15 分钟时，即 3 月 15 日 23 点 45 分，M 先生主动来找王先生，无可奈何地表示，接受我方的要求；此次谈判中，我方成了赢家。

王先生运用了以其人之道还治其人之身的做法，获得了谈判的成功。他面对甲公司依靠技术优势，狮子开口，漫天要价，并且拒不降价。王秉正先生并不畏难，他将计就计，声东击西，故意同其他几家公司周旋，给甲公司施加压力。对方在谈判中施展了最后期限的计法，规定 3 月 15 日为他们的最后期限，以此威胁我方接受他们的报价。王先生在获得谈判主动权后，针锋相对，以牙还牙，以对方期限为我所用，来了个如法炮制，对方被逼无奈，只好接受了我方的条件。以牙还牙的谈判技巧是在谈判双方形成竞争、对峙态度下，用以攻击对手的一种极端的谈判技巧，具有明显的对抗性。它是挫败对方锐气、扭转谈判局面的有利武器。但这种技法较易带来谈判失败，所以在谈判双方都抱有合作的态度时，这种技法就不适用了。

诸葛亮取得荆州大捷

公元210年，周瑜率军于赤壁打败曹操后，立即派鲁肃出访刘备，向其索要借用的荆州。诸葛亮得到消息后，便对刘备说道："如果鲁肃提起索要荆州的事，您便放声大哭，哭到悲切的时候，我便自有话说。"

鲁肃来到荆州见到刘备，一阵寒暄过后，便开门见山说来意，是专程前来讨还荆州的，刘备突然掩面大哭起来。鲁肃莫名其妙地吃了一惊，问道："刘皇叔为何如此悲伤？"诸葛亮接上去说道："当初我们借荆州时，曾许下取得西川后便'完璧归赵'。仔细想来，益州刘璋是刘皇叔的弟弟，都是汉朝骨肉同胞，如果使用武力夺取他的地盘，恐怕外人唾骂；如果不去夺西川，而又把荆州交回东吴，又无处安身，事在两难，因此伤心难过。"接着又说："麻烦先生回见吴侯，多美言几句，把我们的难处禀告吴侯，宽容一些时候。"鲁肃作难地说："如果吴侯不同意，又怎么办？"诸葛亮说道："吴侯连亲妹妹都嫁给刘皇叔了，怎么会不同意呢？希望先生多说好话，准行！"鲁肃是位忠厚老实的人，也就相信了诸葛亮的话。

鲁肃回到东吴，如实向周瑜作了汇报，周瑜一听，顿足埋怨道："您又中了诸葛亮的诡计啦！当初刘备投靠刘表时，就常有吞并的意图，何况对西川刘璋，怎么会念及裙带而不思吞并呢？这只是不还荆州的借口。现在我有一个办法，可以算计住诸葛亮，只是您得再跑一趟。"鲁肃问是何计，周瑜说道："你也别去见吴侯了，赶快去荆州对刘备说，如果刘备不好意思去夺取西川，我们东吴出兵去取，得了西川，作为嫁妆送给刘备，换回荆州，这样可以两全其美。"鲁肃说道："西川路途遥远，地势险恶，并非是轻而易举可以夺得的，都督您这个计划是否行得通啊！"周瑜看到鲁肃如此，认真的样子，便笑道："您老兄也太死心眼了，您以为我真的要为他去夺取西川？我不过是借口去取西川，实际是去夺取荆州罢了。我军假道荆州进川，向他们索要粮草，刘备必然出城慰劳我将士，到时趁机把他杀了，夺回荆州，以解除我心头之恨，也免除老兄您的劳苦。"鲁肃依计行事，又披星戴月赶往荆州访问刘备。

诸葛亮得知鲁肃这么快又重访刘备，其中必有名堂，便对刘备说道："我猜想鲁肃回去并没有见到吴侯，只是到紫桑和周瑜商量了什么计策，又来诱哄我们。接见鲁肃时，要见机行事，他说的话，只要我点头的，您就满口答应。”商量停当，静候鲁肃的到来。

鲁肃见到刘备后，果真按照周瑜的吩咐谎称道：“吴侯非常称赞刘皇叔的品德高尚，便与众将商量好了，东吴出兵替皇叔收服西川，然后以西川换荆州，当嫁妆送给皇叔，这样对两家都有好处。只是有点小小的要求，当我军进川经过荆州时，希望供给些钱粮，以资劳师远征之用。”诸葛亮听了忙示意刘备应承。他自己也说道：“如贵国雄师路过荆州时我们自会出迎郊外，犒劳三军，请转告吴侯和都督放心。”

孔明一气周公瑾

鲁肃回到东吴，禀告周瑜，周瑜拍案大笑道：“这次诸葛亮终于中了我的计了！”随即禀告吴侯，任命甘宁为先锋，自己亲领徐盛、丁奉、凌统、吕蒙5万水陆大军，向荆州浩浩荡荡驶来，到了夏口，周瑜问道："荆州有人前来迎接么?"探子禀报："刘备特派糜竺来见都督。"糜竺对周瑜说道："皇叔便在城门外等候，将与都督把盏接风洗尘。"周瑜自以为得计，大言不惭地说道："今日为你家的事出兵远征，犒劳军将可要丰富一点。"糜竺点头称是，辞别而回。

周瑜领着众将，策马直奔荆州城门前，不见刘备迎候，令军卒叫门，城上问道："你等是谁?"东吴军卒答道："我东吴周都督亲自到来，快快开门!"城上伏兵霍然而起，刀枪林立。城楼赵云问道："都督如何出动，究竟为何而来?"周瑜说道："我是去替你们夺西川，你怎么会不知道呢?"赵云说道："我们的军师诸葛亮已识破都督'明取西川，实夺荆州'之计，因此留我赵云守城，看哪个敢轻易进城!"周瑜知情况有变，勒马便回。这时，只听四面炮响，关羽从江陵杀来，张飞从秭归杀来，黄忠从公安杀来，魏延从孱陵杀来，喊声惊天动地，四面呼喊活捉周瑜！吓得马上的周瑜大叫一声，箭疮复裂，坠落下马，幸被卫侍急救回船。军船驶至巴丘，被刘封、关平领军拦住去路。周瑜大怒，欲战刘、关。突然诸葛亮派人送来书信一封，周瑜拆开一看，信中既刺自己的痛处，又告以忠言。周瑜读罢，自叹不如诸葛亮，即上书吴侯，又留下遗言，对天长叹道："既然生我周瑜，又何必生他诸葛亮！"连叫数声，便一命呜呼了！

周瑜谎称替刘备取西川，实想假道杀刘备夺荆州，没想到诸葛亮识破了他的计谋，反而将计就计，以谎对谎，表面上答应要求犒军，实在里趁机谋杀，从而取得荆州保卫战重大胜利。周瑜费尽心机，结果偷鸡不成反蚀一把米，把自己的小命都搭进去了。

疑心病中反间计

据《史记·陈丞相世家》记载，楚汉相争之时，项羽曾发10万兵马，决心扫平刘邦占着的荥阳。项羽的前锋逼近了荥阳城下，汉王刘邦急得饭吃不下去，觉也睡不着。正当他愁眉苦脸，一筹莫展的时候，陈平走了进来。汉王刘邦对陈平说："天下诸侯纷纷争斗，何时才能天下统一呢？"陈平说："项羽的为人，敬贤爱才，所以天下游士中廉洁好礼的大都归属于他。但他对于论功行赏，分地封王却又十分吝啬，因此谋士们又不愿归属于他。大王您的为人傲慢少礼，那些廉洁的谋士多都不愿投靠您；但您却舍得爵邑来赏赐功臣，因而那些才能不大但利欲熏之心辈多来归附于汉。如果您与项羽各自弃去短缺的一面，采取双方的长处，那么天下大事挥手之间就可定局了。可是您经常放肆地侮辱别人，不能得到廉节之士。我看项羽一方有可以动摇的因素，他身边忠直的大臣不过只有亚父范增、钟离眛、周殷等人。您若肯拿出几万斤金子进行反间，挑拨项羽君臣的关系，使项羽对这几个大臣产生疑心，项羽为人多疑而又轻信谗言，他们的内部就会相互倾轧残杀。这时我们兴兵攻打，就一定能灭掉他们。”刘邦认为陈平说得有理，就回答：“黄金有什么希罕的，你就拿四万斤去吧。”他知道陈平是喜欢黄金的，就又加了一句，“你爱怎么使，听你的便。”

陈平得了 4 万斤黄金，当即拿出一部分来交给他的心腹，叫他们打扮成楚兵，混到楚营里去散布谣言。不到几天功夫，楚营里就三三两两谈论起来了。有的说：“范增、钟离眛等人身为项王大将，立下许多功劳却不能分地封王，现在打算联合汉王消灭项羽，求得分割项羽的领土并封得爵位。”有的说：“要是范增他们在汉营里恐怕也早就被封王了”。项羽听到这些谣言，果然不再跟钟离眛商量军机大事了。可是对于范增，他仍然是信任的。但项羽既生了疑心，就派使者到汉王军中去探听虚实。

刘邦为使者准备了丰盛的贵宾宴席，叫陈平好好地招待这个使者。陈平亲自陪他吃饭，使者非常得意，陈平请他坐在上座，问他："近来范增贵体可好？有没有他的亲笔信？"使者说："我不是范增派来的，而是霸王派来的。"陈平听了假装惊奇地说："你原来不是范增派来的，那对不起，"说着就离席而去了。并命人把丰盛的食物撤了下去，换上粗劣的食物进给楚使。使者回去把这些情况如实地报告给项羽，项羽果然又怀疑范增私通刘邦。亚父急于请求兴兵攻克荥阳城，但因项羽不再信任他，不听他的建议。亚父知道项羽怀疑自己，极为愤怒地说："天下大事已经定局，君王您自己努力吧！请让我返回自己的故乡。"在返乡途中，尚未走到彭城，亚父就因毒疮发于脊背而死。护送的人回去向项羽报告，还把范增临死的话学说了一遍。露王听着直发愣，但后悔也来不及了。

第三十四计　苦肉计

【原文】

人不自害，受害必真；假真真假，间以得行。童蒙之吉，顺以巽也[1]。

【注释】

①童蒙之吉，顺以巽也：语出《易·蒙》卦："象曰：童蒙之吉，顺以巽也。"意思是对付无知的孩童，只要顺着他的意思，他就任你摆布。

【译文】

按常理来说，人是不会伤害自己的，若遭受到伤害，必是真实的，我们若能利用这一点，以假乱真，并使敌人不怀疑，那离间计就成功了。采用童蒙柔顺办法欺骗敌人，就是顺应他柔顺性情达到目的的。

【按】间者，使敌人相疑也。反间者，因敌人之疑，而实其疑也。苦肉计者，盖假作自间以间人也。凡遣与己有隙者以诱敌人，约为响应，或约为共力者，皆苦肉计之类也。

【译文】

“间”就是利用矛盾，使敌人互相猜忌；“反间”就是利用敌人离间我的阴谋，将计就计，弄假成真。苦肉计，就是假意装作自己内部有矛盾，利用敌人的错觉而打入敌方，然后再乘机对敌进行间谍活动。凡是派遣同己方有矛盾的人去迷惑敌人，不论是作为内应，或是约定共同协作配合的，都属于苦肉计一类的谋略。

【计名探源】

苦肉计是一种特殊的离间法。人们都不愿意伤害自己，如果说被别人伤害，这肯定是真的。己方如果以假当真，敌方肯定信而不疑。这样才能使苦肉之计得以成功。运用此计，“自害”是真，“他害”是假，以真乱假。己方要造成内部矛盾激化的假象，再派人装作受到迫害，借机钻到敌人心脏中去进行间谍活动。

周瑜打黄盖——一个愿打，一个愿挨。这已是尽人皆知的故事了。两人事先商量好了，假戏真作，自家人打自家人，骗过曹操，诈降成功，火烧了曹操八十三万兵马。

春秋时期，吴王阖闾杀了吴王僚，夺得王位。他十分惧怕吴王僚的儿子庆忌为父报仇。庆忌正在卫国扩大势力，准备攻打齐国，夺取王位。

阖闾整日提心吊胆，要大臣伍子胥替他设法除掉庆忌。伍子胥向阖闾推荐了一个智勇双全的勇士，名叫要离。阖闾见要离矮小瘦弱，说道："庆忌人高马大，勇力过人，如何杀得了他？"要离说："刺杀庆忌，要靠智不靠力。只要能接近他，事情就好办。"阖闾说："庆忌对吴国防范最严，怎么能够接近他呢？"要离说："只要大王砍断我的右臂，杀掉我的妻子，我就能取信于庆忌。"阖闾不肯答应。要离说："为国亡家，为主残身，我心甘情愿。"

吴都忽然流言四起：阖闾弑君篡位，是无道昏君。吴王下令追查，原来流言是要离散布的。阖闾下令捉了要离和他的妻子，要离当面大骂昏王。阖闾假借追查同谋，未杀要离只是斩断了他的右臂，把他夫妻二人关进监狱。

几天后，伍子胥让狱卒放松看管，让要离乘机逃出。阖闾听说要离逃跑，就杀了他的妻子。

这件事不但传遍吴国，邻近的国家也都知道了。要离逃到卫国，求见庆忌，要求庆忌为他报断臂杀妻之仇，庆忌接纳了他。

要离果然接近了庆忌，他劝说庆忌伐吴。要离成了庆忌的贴身亲信。庆忌乘船向吴国进发，要离乘庆忌没有防备，从背后用矛尽力刺去，刺穿了胸膛。庆忌的卫士要捉拿要离。庆忌说："敢杀我的也是个勇士，放他走吧！"庆忌因失血过多而死。

要离完成了刺杀庆忌的任务，家毁身残，也自刎而死。这也是历史上运用苦肉计的典范。

【评语】

"苦肉计"是利用"人不自害"的常理，进行自我伤害，以取信于敌方，从而进行间谍活动的计谋。《三国演义》第四十六回："孔明曰'不用苦肉计，何能瞒过曹操？'"《常言疏证》："《凤求凰剧》：假妆病态，伪作愁容，这分明是苦肉计。"

古人认为，间谍就是要利用矛盾使敌人互相猜疑，反间谍就是要利用敌方间谍窃取我方预设的假情报，并千方百计让它信以为真。运用苦肉计，就是要假装受到迫害以便打入敌人内部，再借机进行间谍活动。凡是派出与自己有矛盾的人去诱骗敌人，不论是作为内应，或是协同作战，都是属于苦肉之类的计谋。

【战例】

冯谖焚债券邀买民心

冯谖到孟尝君门下做食客已经一年，可什么话也没说过。孟尝君此时担任齐国宰相，在薛邑受封一万户。他有食客三千人，封邑的收入不够食客的费用，就派人到薛邑放债。由于薛地年成不好，借钱的人多数不能偿付利息，食客的给养眼看就没有了，孟尝君为此深感忧虑。他问左右侍从说："可以派谁到薛邑去要帐?"宾馆负责人说："上等客房里的冯先生看形状相貌好像能说会道，有长者风度，他没有别的技能，应该让他去收债。"于是孟尝君请冯谖进来，对他说："宾客们不知道我无德无能，来我这里的仍有三千多人，封邑的收入不够宾客的费用，所以在薛邑放了些债。薛地年成不好，有不少人不偿付利息。如今宾客们的费用恐怕不足，希望先生前去索要欠款。"冯谖说："好吧。"冯谖告别孟尝君，来到薛邑，把借过孟尝君钱的人都召集在一起，收上息钱十万。他就多酿好酒，购买肥牛，召集所有借钱的人，不管是能偿利息还是不能偿利息的人都来，让他们带着借钱的债券来查验核实。他要求大家一起集会，这天杀牛摆宴。酒喝得正高兴时，冯谖拿出债券到席前一一核实，能付息的约定期限，付不起利息的，就收缴他们的债券用火烧掉。他对众人说："孟尝君放债的目的，就是要帮助没钱的人去进行农业生产；其所以要索取利息，是为供养宾客。现在对富裕人约定期限，对穷苦人就烧掉债券免除债务。各位请努力加餐。你们有这么好的主人，难道能辜负他吗！"在座的人都站起身来，接连跪拜了两次。

孟尝君听说冯谖收债烧了债券，就生气地派人把他找来。冯谖到来，孟尝君说："我有食客三千，所以才在薛邑放债。我的采邑少，而且还有许多人不按时偿付利息，宾客的费用就难以供给，所以请先生去讨收欠债。但听说先收到钱就用来置办酒宴，又烧了债券，这是怎么回事？"冯谖说："是这样。不置办丰盛酒宴，人们就不能全部集合，也就无从了解他们的贫富。富裕的人，同他们限定了还期；贫苦的人，就是坐守、催讨上十年也怕白搭，利息多了，他们一急之下，反会用逃亡的办法来摆脱债务。如果催逼很急，他们最终又没能力偿还，上头会认为您贪财好利，不爱士人和百姓；下边的人民也会落个背叛、触犯长上的罪名，这不是勉励大人和百姓、显扬您名声的做法。烧掉没用的空头债券，捐弃无法收到的空头帐目，让薛邑人亲附于您，从而显扬您的仁爱名声，您对此还有什么不满意的呢!”孟尝君听后拍着手向冯谖道谢。

申包胥哭来秦兵救楚国

楚国大夫伍子胥与申包胥两人私交甚好，后来伍子胥因受楚王追杀被迫出奔吴国之前，曾对申包胥说：“我一定要颠覆楚国。”申包胥说：“我一定使它保存下来。”等到伍子胥率吴军攻入楚国的郢都以后，到处寻求楚昭王，要报当年逼杀父兄之仇。找不到楚昭王，就掘开楚平王的坟墓，抬出楚平王的尸体，抽打了三百鞭之后才算罢休。

这时申包胥逃进深山之中，他派人告诉伍子胥说：“您报仇的方法简直太过份了！我听说，人多力量大，可以战胜上天，上天的意志决定也能打破人力。您过去曾是平王的臣子，曾面北而事奉过他，而今却鞭笞死人，这岂不是太无视天道了吗?”伍子胥对来人说：“请代为我感谢申包胥，对他说，我眼下日暮而途远，所以我要倒行逆施。”于是申包胥就跑到秦国，去向秦国请求救兵。秦国不答应出兵。申包胥站在秦国朝廷之上，昼夜痛哭，连续哭了七天七夜。秦哀公觉得申包胥实在可怜，说：“楚王虽然无道，但有这样的臣子，这个国家能不保存下来吗?”于是就派遣 500 辆战车援救楚国。这年六月，秦军在稷地打败了吴军，楚国终于得救了。

勾践忍辱脱身

战国时期，吴国兴兵讨伐越国，吴王夫差屡败越军，越王勾践只得投降，他把国事委托给大夫文种管理，便率大夫范蠡到吴国去伺奉夫差。

勾践竭力事吴

勾践为了尽快逃离吴国，东山再起，兴越灭吴，便装作苟且偷生的样子，其实却在暗中积蓄力量。他住在山洞中，每日蓬头垢面，低三下四，为夫差做仆役。有人在他身后指点着说：“这就是当年的越王勾践呀！”他听到了仍装作满不在乎，毫不反感。

有一次，夫差染病，卧床不起。勾践得知此病不久便可痊愈，就亲见夫差祝贺道："恭喜大王，您的病近几天就能好转。"夫差不解地问："你怎么知道"？勾践回答说："我曾学过一种本领，只要尝一尝粪便，便可知道人的生死寿数。我刚才尝过大王的粪便，味酸而稍有点苦，得了'时气之症'！此病很快就能痊愈，大王不用担心。"夫差听后非常感动，被勾践的"关切"之情迷惑住了，认为勾践已无反叛之心，就放心地下令放勾践回国了。

范蠡激流勇退

越王勾践灭掉吴国后，在贺台上大摆宴席，招待各位大臣。宴会上，大臣们开怀畅饮，气氛很热烈。实现了灭吴复国的大计，本来是件很值得高兴的事，但勾践却面无喜色，神态反常。范蠡私下感叹道："大王不想归功臣下，这就打开了怀疑猜忌的大门，有功之臣倒霉临头了。大王的为人，可以和他共患难，而不可以共享乐呀！"

第二天，范蠡向越王辞行，说："我听说过，君主受了屈辱，臣子也就不能苟且偷生。过去，大王在会稽被吴王夫差打败，做了俘虏，蒙受了莫大的耻辱，我之所以一直追随大王，就是想忍辱负重，帮助大王完成复国安民的大业。如今，吴国已经灭了，我请求大王能开恩赦免臣子在会稽犯下的死罪，留下一条生路，让我归老于江湖之间，以了却残年。”勾践好言相劝，再三挽留也不成。第二天，范蠡已不辞而别了。

后来，文种等一些功臣被越王杀了。

买田自污免灾祸

汉十二年秋天，淮南王英布谋反，高祖亲率大军前往讨伐。出征过程中，高祖多次派人打探相国萧何在京城干些什么。萧何因为皇上在前线作战，就在后方安抚勉励百姓，尽一切力量支援前线，就象前一年支援讨伐陈地的时候一样。

这时有位客人劝萧何：“先生不久就要祸灭九族了。试想想，您身为相国，开国功臣中您位列第一，还能有比这更高的名位和待遇吗？然而当您从刚刚进入关中的时候起，就很得老百姓的信任和爱戴，到现在已经十多年了，老百姓归附您，您也一直致力于老百姓的和平安定。现在皇上之所以多次打听您在京城干些什么，就是怕您倾覆动摇关中。眼下您为什么还不多买些田地，再放些低利贷款，以此来玷污自己的名声？只有这样，皇上才能对您放心。”于是萧何听从客人的主意，高祖听说后非常高兴。

面烧尘尾诫儿孙

南朝齐彭城人陈显达，是齐武帝手下的一名大将，颇受重用。永明八年为南征将军、江州刺史，此后又不断因功提升。每次提升，总常有愧色。他曾告诉儿子们说：“我本来并没有想到会做到这种官职，你们切不要因富贵而欺凌别人。”但是，家庭既然富贵，他的十多个儿子也就肆无忌惮起来，常与王敬则的几个儿子在一起，精车牛，丽服饰。当时的快牛陈世子青、王三郎乌、吕文显折角、江瞿昙白鼻，都集中于陈氏家的牛棚里。陈显达知道以后，很不高兴。等到儿子休尚任郢府主簿，路过九江前来拜别时，显达说：“凡是奢侈浪费的人，很少有不败亡的。麈尾、蝇拂原是王、谢家的物品，你们不必拿着这些东西互相攀比，争名逐利。”说着，就取来当着大家把它烧掉了。从此以后，儿子们也逐渐有所收敛。

抛家别子定军心

北魏孝武帝孝昌初年，设置了殷州，任命崔楷为殷州刺史，加封后将军。

崔楷即将赴任，亲朋同僚都劝他单身前往，因为此时，葛荣起义军声势日盛，殷州则是义军必取的目标，已是危城一座，携家眷前往，无疑是同赴死地。崔楷却说："如果我单身赴任，朝廷会责我留退路，疑我不为朝廷尽心，这样将士们又如何肯出死力呢？"于是，他携带全家一同前往殷州。

当起义军进逼殷州时，有人劝他将家中弱小者隐蔽起来以避起义军的锋芒，骨肉亲情驱使他让第四个女儿和第三个儿子趁夜出奔。但转而又想到，生死关头让儿女躲避，将士们会说我意志动摇。于是，又派人将一双儿女追回。等到义军来攻殷州，崔楷率领将士拼死抵抗，将士们没有不尽力厮杀的，都说："崔公尚且不顾惜一家百口，我们又怎能吝惜自己的性命呢？"虽然最后寡不敌众，终于城池陷落，以至崔楷被俘被杀，但其抛家别子定军心之举，依然被认为是用兵打仗危急中的良策。

假鞭主双双脱难

东、西魏激战邙山。东魏丞相高欢，统领大军十万，来到黄河北岸迎战。关西大都督宇文泰火烧河桥，企图阻止高欢南渡，但未能成功。高欢遂率军抢渡黄河，据邙山为阵。

西魏大统九年四月十八日黎明，宇文泰同李穆偷袭邙山失败，东魏军乘胜反击，西魏军丢盔弃甲争相逃命，三万将士阵亡。战斗中宇文泰的战马身中流矢，突然惊叫一声，前蹄扬起，把宇文泰掀翻在地，情况十分危急。他还未来得及爬起来，东魏追兵已经赶到，士兵左右散开，把他团团围住。这时，被一同围住的李穆翻身下马，急中生智，高举马鞭狠狠地抽打宇文泰，并破口大骂："笼东（指西魏）军士，你们主人宇文泰在哪里？你为什么独自留下？"东魏围军见李穆敢于鞭打宇文泰，就不怀疑鞭下的宇文泰就是西魏重将。互相看了看，丢下宇文泰继续向前追击。

第二天，宇文泰、李穆经过一番化装，离开邙山，平安脱险。返回驻地后，二人相对痛哭，宇文泰深深感谢李穆的救命之恩，对他左右的人说："能够助我成就大事业的人就是李穆。"之后，又授李穆为武卫将军、仪同三司，进封安武郡公。前后赏赐，不可胜计。宇文泰说："人最宝贵的是生命，李穆能舍身保护我，是爵位、金银、玉帛所无法报答的。"后来，特赐李穆以铁券，赦以十死。

梁毗哭金

隋统一全国后，西部少数民族地区流行收藏黄金的习惯，酋长们都以金子多少论富贵，族落之间经常为争夺金子无休止地发生战争，谁金子多就攻打谁，都想更多地占有金子，成为最富贵之人。梁毗是西宁州刺史，他曾贴出文告禁止这种部族之争，但毫无效果。然而做为管辖官员，各酋长纷纷赠送金子给他，梁毗也设宴款待众酋长。

酒过三巡，梁毗叫人把各酋长送来的金子端出来，放在桌上，他却忽然对着金子大哭起来。众酋长莫名其妙，面面相觑，有人斗胆进言道："莫非嫌我们送得太少了?"梁毗摇摇头，哭着说："此物饿了不能吃，冷了不能穿，你们都为了它，相互攻打，使多少生灵惨遭不幸。现今你们把金子送给我，一旦我金子多起来，你们是不是也想杀了我呢?"众酋长纷纷表示绝无此意，赠送金子是一片好意。梁毗又问道："那你们为什么又为它而互相厮杀呢?"各酋长默默露出羞愧之色。

梁毗起身，亲自将各人赠送的金子放到各人面前，说道："金子我不要，你们各自带回去吧。"酋长们低头不语。

此后，各部族之间再也没有发生为争夺金子的战争。梁毗受到隋文帝嘉奖，提升为大理卿。

武则天害死王皇后

唐朝的铁血皇后武则天，手段十分残忍。

武则天从寺院回到唐高宗身边时，只是一般的妃子，她用尽手段，很快获得了高宗的宠爱。此时，武则天有两个情敌，一个是王皇后，一个是萧皇妃。

武则天一心想夺得皇后的位子。入宫以后，高宗与武则天男欢女爱，十分快活。武则天经承帝恩，身怀六甲，生下一个女孩。

一日，王皇后来看武则天，武则天心生一计，她躲入内室。王皇后来到西宫，众宫女出来迎接，王皇后问武氏可在，宫女说是往花园采花去了，一会儿就会回来。王皇后在宫中坐下，听到床上婴儿哭声，就走到床前，抱起武氏的女儿，抚弄一会儿，女孩一经怀抱，就不哭了，一会儿慢慢睡去，王皇后仍将女孩放下，用被盖好，见武氏仍不回来，也不再等，就出宫回去了。

王皇后一走，武则天就从侧室出来，悄悄地到了床前，掀开被子，女孩正熟睡，她狠下心肠，扼住女孩喉咙，将女孩扼死。然后仍用被子盖好，专等高宗下朝。

三十六计之苦肉计

时间不长，高宗就来到西宫，武则天拈着花朵，迎高宗入宫，二人闲聊几句，高宗问：“女儿还在睡吗”？

武则天说：“已睡了一大会儿，想必该醒了。”即令侍女去抱女孩。

侍女上前掀开被子一看，吓得说不出话来。武则天问：“还睡着吗？为何不把她抱来？”侍女口中才说了个“不”字。武则天佯作不解，亲自到床前去抱女孩，手未及婴儿户体，就哭了起来，高宗连忙向前，仔细一看，婴儿已经死了。

武则天问侍女：“我往御园看花，不过隔了片刻，好好的一个婴儿，怎么会闷死呢？你们快讲个明白。难道是你们与我有仇，害死我女儿吗”？

众侍女赶紧跪下，连说：“不敢”。

武则天又道："你们都是好人，难道有鬼吗？"

众侍女道："只有正宫娘娘到此，曾见她坐床抚摩，过一会儿便去了。"

武则天顿足大哭，说是王皇后害了她女儿，高宗初不相信，经不住武则天煽动，最后竟发怒，要废去王皇后。但王皇后并没有过失，害死婴儿的事又无证据，大臣们反对废后，此事只得作罢。

又过了一段时间，武则天又生下一个男孩。争当皇后的资本又多了一些。为了早日夺得皇后的位子，就买通王皇后身边的宫女，将一木偶写上高宗姓名，及生年月日，钉上铁钉，埋人王皇后床下。然后密告高宗，高宗令内侍去挖，挖出木偶。

高宗终于以王皇后无子、嫉妒、行巫术为由废去王皇后，武则天被立为皇后。

武则天在这场斗争中成了胜利者，但她对失败者毫不手软。王皇后和萧淑妃被关在冷宫中，用一把大锁锁着门，只留一个小洞，从小洞中传送食物。

一日，高宗独自一人路过冷宫，看到这一切，心中怀念旧情，对着里面喊道："皇后、淑妃安在。"王皇后、萧淑妃听到是皇帝的声音，悲喜交加。二人哭着说："妾等有罪被废，怎得尚有尊称。"高宗道："你等虽已被废，朕却尚是忆着。"王皇后说："陛下若有情，令妾等死而复生，重见日月，望改此院为迴心院，方见圣恩。”高宗说：“朕自有处置。”说完返回。

这件事很快被武则天的耳目报告给武则天，武则天当面诘问高宗，高宗抵赖不敢说实话。武则天竟下一道矫诏，令杖二人百下，又把手足截去，投入酒瓮之中。二人宛转哀号，历数日方才毙命。

萧淑妃临死前恨骂武则天：“愿后世我生为猫，阿武为鼠，时时扼阿武喉，方泄我恨。”

武则天得到手下的报告后，就禁止宫中养猫，改王皇后姓为蟒，萧淑妃姓为枭。王皇后和萧淑妃的家还被充军到边疆。’

害死王皇后和萧淑妃后，武则天常常梦到王皇后、萧淑妃披头散发，浑身是血，向她索命，为此她改居蓬莱宫，后来干脆不住长安，而改住洛阳。

武则天所用是“苦肉计”，“人不自害，自害必真。”谁不爱自已的女儿，哪一个母亲肯害死自己的女儿，因此，皇帝相信是王皇后害死了武则天的女儿。

王旦舍己救人

宋真宗时，朝中有一官员上书获罪，被抄了家。从这个犯官家中抄出他与朝中其他官员交流占卜吉凶祸福往来的信件。

这些证据不仅使那个犯官要罪加一等，其他朝臣也要受诛连获罪难逃。

真宗得知查抄出这些罪证，吩咐交御史查问治罪。宰相王旦闻讯后，为了救人，想出一条计策；他拿出自己以往与人交往的有关占卜内容的书信交给皇上，请求一并交付审讯治罪。

真宗见王旦出此一举，渐有醒悟，占卜吉凶虽为不密之事，但在朝臣和百姓中干此类事者大有人在，并不在于犯上作乱。王旦见皇上没有追究的意思了，他马上来到中书堂，凭自己的权力，调出从犯官家抄出的信件，并亲自全部烧掉。他以自己敢于引火烧身的行动，搭救一些无辜之人，免遭迫害。

完颜阿骨打采“哀兵”之计

完颜阿骨打（1068～1123 年）即金太祖，女真族，公元 1115 年称帝，建立金朝。辽国主耶律延禧，听说完颜阿骨打脱离辽国，宣布独立称帝建国，还攻占了黄龙府（今吉林农安县）后，又惊又怒，亲自率领 70 万大军前往征讨，并派驸马萧特末率领骑兵 5 万，进到斡邻泺会合进攻金兵。完颜阿骨打受到势力强大的辽兵的威胁，深感不安。为了保住新建立的独立政权，当即召集各部落首领商讨迎战方略。阿骨打面对敌强我弱、敌众我寡的形势，认为只有全体将士上下齐心协力才有可能取得胜利。如何才能使大家同心协力，同仇敌忾呢？阿骨打采用“哀兵必胜”的计谋来激励士气。他当众从腰间拔出佩剑，并在自己的脸上乱划一通，满脸道道血痕，然后仰望天空，痛哭流涕地说：“我当初起兵就是为了让女真族不受外族人的欺凌，希望自己立国，没料到辽国竟动用全国的兵力来征讨我们。现在大祸临头，死在眼前了。我们要想生存下去，只有两条出路：一条是动员全族人民齐心合力，与辽决一死战；另一条路就是杀了我的全家老小，然后向辽投降，这样或许可以取得辽国的宽恕，国家可能转祸为福，何去何从请大家来定夺。”各部落首领见完颜阿骨打满面血泪横流，都悲愤交集，一个个也都泪流满面，大家慷慨激昂地发誓说：“大家都是为了女真族的独立，而自愿参加起兵的。现在事已至此，只有齐心协力决一死战。我们赴汤蹈火也在所不辞了。”

阿骨打采用“哀兵”之计，立见成效，从部落首领到士卒，个个斗志昂扬，求战心切。于是，完颜阿骨打立即率军轻装疾进，日夜兼程，终于在护步答岗追上了辽军。完颜阿骨打采用分道夹攻辽军的战术，迫使辽军陷入被动之势。乘辽军还未调整好兵力之机，就率领所有的后备力量，横扫辽中军，使辽军阵容大乱，数十万辽军失去指挥，混乱一团。辽军恐慌万状，夺路奔逃，金军猛追，辽军死伤惨重，金军取得了决定性胜利。由于完颜阿骨打施用“哀兵必胜”的谋略，使得金军上下有了拼死的决心和勇气，终于扭转了败局，并取得了以弱胜强，以寡击众的胜利。这一关键大战的胜利彻底改变了辽、金两国间力量的对比，为金灭辽奠定了基础。至今人们都知道“骄兵必败”，但对“哀兵必胜”的谋略却重视不够。

种世衡施用苦肉计

北宋庆历年间，环州（今甘肃环县）守将种世衡率军驻守清涧城（今延安东北）。一次，因军中出了点小事，种世衡追查，牵连到一位蕃将，种世衡大怒，决定对蕃将处以杖背的重刑。部下都认为处罚太重，纷纷请求宽免，但种世衡就是不听。

这位蕃将受刑之后，就逃到西夏王赵元昊那里。赵元昊对他很信任，把他安排在重要部门，准许他在西夏王朝的枢密院自由出入。过了一年多，这位蕃将熟悉了西夏军事机关的情况，掌握了很多军事机密，于是又悄悄地回到了种世衡的部队。这时人们才明白，原来当时种世衡的做法是设的苦肉计。

经过打入西夏内部，种世衡摸清西夏王赵元昊有两员大将：一个是野利王，一个是天都王。这两员大将各领一支精锐部队，战斗力很强。种世衡想除掉这两个人，以削弱夏军力量。他经过长时间思索，想了一个离间赵元昊和这两员大将关系的计谋。他选了一个叫法嵩的和尚，派他潜入西夏，嘱咐他到西夏后去投奔野利王。临行时把自己的锦袍脱下来赠给法嵩，告诉他北边天气冷，要注意身体，不要冻着。法嵩到了西夏军队的防区，询问野利王的情况，想去找野利王，他的举动引起了西夏人的怀疑。西夏人把他抓起来进行搜查和审问，从他穿的锦袍领子里发现了一封密信，一看内容是种世衡写给野利王的，语意亲切而又隐晦。赵元昊得到这封信后，怀疑野利王要谋反，就把他杀掉了。

种世衡得知野利王已经被杀，就又设法除掉剩下的敌手天都王。一天，种世衡命令在边界上设立祭坛，追悼野利王。写的祭文中提到：两位将军相协有意归顺天朝，没料到大事将成而突遭不幸。种世衡故意将祭文写在木板上，看到敌人来了，就扔在燃烧的纸钱中，急忙逃走。敌人捡到没有烧毁的祭文送给赵元昊，赵元昊因此怀疑天都王与野利王是同党，借故把他也搞掉了。

种世衡选用蕃将施用苦肉计，由于蕃汉民族差异，在古代相互隔阂更深，等于双重用诈。故西夏主信而不疑，并加重用。从中可悟出种世衡用计之精微。

“苦计”软英雄

朱武、杨春、陈达三位好汉在少华山聚众，与官府作对。为图远计，打算去华阴县“借粮”。去华阴必经之地有个史家村，史家村里有位九纹龙史进。陈达自恃勇武，硬要去闯史家村，遂不听朱武、杨春劝告，引一队喽罗来战史进。结果不下三五回合，被史进生擒活捉。小喽罗急报朱武、杨春。朱武为救陈达便采用了一条“苦计”。

史进捉了陈达，斗志正旺，忿怒未消，发誓要捉了朱武、杨春一并解官请赏。这时庄客飞报：山寨里朱武、杨春亲自来了。史进一边整装备马，一边令人敲梆聚众，决意再显神勇，捉此二将。正待出庄门，只见朱武、杨春步行到庄前，两个双双跪倒在地，眼里流着泪。史进下马喝道：“你两个跪下是怎么回事？朱武哭道：“小人等三个，都被官府逼迫，不得已上山落草，当初发愿，不求同日生，只愿同日死。虽不及关羽、张飞、刘备义气，其心则同。今日小弟陈达不听劝阻，误犯虎威，已被英雄擒捉。在下无计恳求，今来一径就死，望英雄将我三人，一发解官请赏，誓不皱眉。我等就英雄手内请死，并无怨心。”史进听了这番言语，寻思道：“他们这样讲义气，我若拿他们解官请赏，反教天下好汉们耻笑我不英雄。自古道：‘大虫不吃伏肉’。我怎么能捉束手就擒的人呢!”遂引朱武、杨春至后厅，朱武、杨春一再让史进绑缚，跪地不起。史进三五回叫他们起来，他俩哪里肯起。惺惺惜惺惺，好汉识好汉。史进道：“你们既然如此义气深重，我若送你们见官，不是好汉，我放陈达还你们如何?”朱武道：“休连累了英雄，我们情愿让你解官请赏。”至此，史进已被彻底软化，遂放出陈达，后厅上座，置酒设席，款待三人。朱武、杨春、陈达拜谢史进，酒罢回山去了。

朱武的这条“苦计”，不仅救了陈达性命，而且结识了史进，变相地壮大了自己的力量，可谓一举两得。“苦计”之所以能够成功，首先在于朱武熟悉这些绿林英雄欺硬怕软，急强好胜的心理习性。大凡铮铮铁骨的男子汉，把骨气和面子看得比性命还重要。你要跟他来硬的，他硬是不信那个邪，结果不是鱼死，就是网破。可你要跟他来软的，顺势多奉承他几句，他就会美滋滋，飘飘然，对你手下留情，甚至成为你的朋友。当史进捉了陈达，要是按杨春的意见：我们尽数都去，与他死拚如何？不仅救不了陈达，朱武、杨春也还得搭上。可当朱武、杨春束手就缚，拜见史进，一番话，既用三人患难与共的江湖义气感化史进，又给史进戴了一大堆高帽子，使史进痛痛快快地放了陈达。

为国计怒杀逆子

额亦都，钮祜禄氏，随努尔哈赤起兵，东征西讨，屡建奇功，被封为一等大臣，对努尔哈赤十分忠心。额亦都的二儿子达启，少年时候就显出习武的才能。努尔哈赤非常喜欢他，把他当作自己的孩子养育在宫中。由于努尔哈赤的娇惯，达启觉得自己的地位高过皇子，常常依靠努尔哈赤对他的宠爱趾高气扬，欺负他人，甚至不把诸皇子放在眼里，时常对他们无礼。额亦都看到这些事非常生气，屡教达启不改，为此额亦都十分忧虑。

一日，额亦都召集所有子孙在郊外别墅欢宴，酒兴正浓，额亦都忽然站起来，大声说道：“你们给我把达启这个逆子捆起来！”大伙顿时愕然。额亦都抽出腰刀，厉声说道：“天下有父亲杀亲生儿子的吗！但是，达启这个逆子，傲慢无人，如果现在不把他除掉，来日一定负国辱门，谁敢给他说情，我这把刀决不留情。”见状，众子孙无不惧怕。额亦都遂将达启引入屋内，用被子将其捂死。随后额亦都把这件事告诉努尔哈赤。努尔哈赤开始非常惊讶惋惜，沉思良久，长叹一声说："额亦都深为国家忧虑，我不如你呀！"

丰臣秀吉的眼泪

日本幕府时期，织田信长不幸死于横祸以后，丰臣秀吉就逐个讨伐各方军队，试图平定天下。信长之子信雄，眼看秀吉日益扩张，气势逼人，便向各方告发秀吉有夺取织田政权的野心，并向家康提出救援的请求。家康慨然应允，表示将鼎力相助。

不久，秀吉与家康两军相遇于小牧山，经过一番激战，秀吉不敌而败。

秀吉吃了这一亏，头脑清醒多了。暗自思忖：拼武力，自己尚不是家康的对手；须避强就虚，方能成就安定天下的宿愿。于是便前往信雄处哭诉一番，道："臣一向都依循令尊的意志行事，为了顾全大局，不惜牺牲一切，岂料会引起公子的猜疑？如果公子认为臣有二心，臣愿交出所有军队，以示忠心。"说完失声痛哭。愚蠢的信雄被秀吉的眼泪所迷惑，心肠一软，竟擅自与他缔结和约。家康闻讯，立即对信雄晓以大义，但为时已晚。

秀吉与信雄缔结和约后，形势迅速改观。家康师出无名，不便干预秀吉的事了；而信雄失去了家康的强有力的支持，便立时成了一只纸老虎，奈何秀吉不得。不久，当秀吉南征北伐、恢复势力并有了相当雄厚的实力后，可怜的信雄竟然被谪他乡，饮恨不已。

申包胥为借兵复楚作秦庭之哭，用的是以悲泣动人之法，通过自己痛不欲生的悲愤之情去感染他人，激起他人的同情心。丰臣秀吉巧妙地安排了类似的一出闹剧，结果竟收异曲同工之效。

亨利王雪地长跪求教皇

在古代社会，人们往往把代表最高权力的皇帝和国王比作太阳，但在中世纪的欧洲，人们却说皇帝、国王只不过是月亮，在他们之上还有一个更高的权威，那就是教皇，只有教皇才配称为太阳。教皇是基督教会的首脑。教会本来只是管理宗教事务的团体，但在中世纪的欧洲，由于各个王国内封建主割据林立，连年混战，造成王权衰弱，局势混乱，这时只有罗马教皇可以统一指挥各国、各区的教会，加上各民族又都信仰基督教，因此教会在群众中影响很大，这就使得罗马教廷成了凌驾于各国之上的政治实体，教皇成了各国国王的共同的太上皇；国王登位、加冕要由教皇来主持；和国王同行时，教皇骑马，国王只能步行；接见的时候，教皇坐着，国王要屈膝敬礼。国王的权力来自教皇，神权高于王权。不仅如此，教会还在各个国家拥有1/3的土地，并且向各国居民收取“什一税”（即每人收入的1/10交教会）。文学、艺术、哲学、法律等都必须为教会和神学服务。一个人从出生、成年、结婚一直到老死，处处都要受教会的管理和控制，教会拥有自己的监狱和刑法，还用“开除出教”的办法来对付一切反抗者，一个人如果被开除了教藉，他的一切社会地位和社会关系也就失掉了。这是一种最令人害怕的惩罚、连国王、皇

渡泸水再缚番王

帝也不例外。

1076 年，德意志神圣罗马帝国皇帝亨利与教皇格里高利争权夺利，双方之争日益激烈，发展到了势不两立的地步：亨利想摆脱罗马教廷的控制，获得更多的独立性；教皇则想加强控制，把亨利所有的自主权都剥夺殆尽。在矛盾激化的关头，亨利首先发难，召集德国境内各教区的主教召开了一个宗教会议，宣布废除格里高利的教皇职位；而格里高利则针锋相对，在罗马的拉特兰诺宫召开了一个全基督教会的会议，宣布驱逐亨利出教，不仅要德国人反对亨利，也在其他国家掀起了反亨利的浪潮。教皇的号召力非常之大，一时间德国内外反亨利力量声势震天，特别是德国境内的大大小小的封建主都兴兵造反，向亨利的王位发起了挑战。

亨利面对危局，被迫妥协，于 1077 年 1 月身穿破衣，只带着两个随从，骑着毛驴，冒着严寒翻山越岭，千里迢迢前往罗马，向教皇请罪忏悔。但格里高利故意不予理睬，在亨利到达之前躲到了远离罗马的卡诺莎行宫。亨利没有办法，只好又前往卡诺莎去拜见亨利。到了卡诺莎后，教皇紧闭城堡大门，不让亨利进入。为了保住皇帝宝座，亨利忍辱跪在城堡前求饶。当时大雪纷纷，天寒地冻，身为帝王之尊的亨利屈膝脱帽，一直在雪地上跪了三天三夜，教皇才开门相迎，饶恕了他。这就是历史上著名的“卡诺莎之行”。亨利恢复了教籍，保住帝位返回德国后，集中精力整治内部，然后派兵把一个个封建主各个击破，并剥夺了他们的爵位和封号。曾一度危及他王位的内部反抗势力逐一告灭。在阵脚稳固之后，他立即发兵进攻罗马，以报跪求之辱。在亨利的强兵面前，格里高利弃城逃跑，最后客死他乡。

显然，亨利的“卡诺莎之行”是别有用心的。在他与教皇对峙，国内外反对声一片，特别是内部群雄并起，王位岌岌可危的情况下，他想利用苦肉计取得和解，赢得喘息时间，以便重整旗鼓，东山再起，再和教皇较量。结果，他成功了。

以身作则激励官兵斗志

军队的士气，在战争中是一个关乎到战斗胜败的关键因素，俄国的许多皇帝和军事将领都十分注意鼓舞部队的士气，并在实际战争中，以自己的行动作为榜样，去激励、唤发起士兵们的斗志。

彼得大帝曾率领俄国军队南征北战，其中仅和瑞典就交战数次。一次，俄军与瑞军在波尔塔瓦展开激烈会战。瑞军势大，俄军抵挡不住，阵地迅速被攻破。阵地一破，俄国部队立时军败如山倒。虽然一部分俄军仍在顽强战斗，但大部兵马却仓皇后撤。抵抗的俄军看到同伴溃逃，也军心涣散。残存的阵地摇摇欲坠，形势一触即崩。

在前线亲自督阵的彼得大帝见此危境十分焦虑，他知道，如果不立刻稳定已动摇的军心，振奋起俄军涣散的士气，那就会彻底完蛋。

突然，只见彼得大帝跳上战马、抽出宝剑，大喊一声向对面蜂拥而来的瑞典军队杀去。他身旁的近卫营紧紧护卫着他，一齐拚死前冲。正在纷纷溃逃的俄军先是大吃一惊，随后明白过来。瞬时间，俄军意气百倍，重新举起武器奋不顾身地跟随皇帝勇猛拚杀，一个个红了眼地逼向瑞典人。瑞典士兵抵挡不住俄军的锐利反攻，顿时由进而退，乱作一团。

彼得大帝就这样以自己的行动振奋了军队的士气，恢复了已陷于动摇的部队秩序，从而赢得了胜利。

许多年后，俄军在名将米洛拉多维奇的统率下远征瑞士。一次，部队费尽力气爬上一座山顶。当他们到达山顶的时候，他们发现山的另一侧非常陡峭，而他们必须从这陡峭的坡上下去，因为山坡下就是他们要攻占的乌尔赞村。

敌人就驻扎在村边，他们幸灾乐祸地望着驻足在山顶上的俄军，看他们准备如何下来，同时做好了战斗准备，严阵以待，等他们一下来就发起攻击。

俄军站在狭窄的山顶，惶恐不安地看着山坡和正面的敌军阵地，谁也不知道怎么下去，也都没有勇气第一个下山。

米洛拉多维奇心里很清楚，多在这里呆一分钟，部队的士气就会低落一分，惶恐的心理就会增长一分，战斗力也就会下降一分。这样就是下了山坡，惊魂不定地来到阵前也将必败无疑。而如果自己下死命令，逼迫士兵们往下冲，更会使战士们士气消沉，意志丧尽，难以迎敌。

猛然间，谁也没有料到，米洛拉多维奇大叫一声："看吧！看敌人怎样来俘虏你们的将军吧！"

话音未落，他一个翻身，从山峰悬崖上滚了下去！

俄军见此情景，刹那间胆怯、动摇、惊恐等等二扫而光，士气一下倍增。全体士兵呼喊着学着他们爱戴的统帅的样子一起滚下山坡，滚向平原。千百人的呼喊声如雷鸣一般震彻山谷

敌人做梦也没有想到俄军会这样发疯一样地下了山，又如同虎狼一样扑向他们，如此快速，迅雷不及掩耳。俄军如虎人羊群，立刻打败了敌人。

中国古人说："将猛士必勇，将懦士必怯。"语言有时固然也能用来振作士气，但在关键时刻，主将自身的

实际行动乃是决定军队士气的最重要的因素。英明的指挥员能够在最危急时刻，一马当先，冲在最前面，用自己奋不顾身的行动来唤起、激励整个部队同仇敌忾的士气和斗志，从而力挽狂澜。

克利曼身体力行壮军威

1792 年 9 月 19 日，法国革命军与普鲁士干涉军在法国马恩省的小山村瓦尔密相遇，双方摆开阵势，准备决战。次日上午 9 时，瓦尔密决战开始。普军 54 门大炮对准瓦尔密高地猛烈轰击，克利曼率领法军英勇迎击，双方展开了激烈的炮战，一直持续到下午 2 时。以后，普军组织起数次冲锋，均被法军击退。可是，普军仍不善罢甘休，积极策划新的大规模进攻。突然，普军炮弹击中了法军阵地的弹药车，爆炸声震耳欲聋，法军军心浮动。法军指挥官克利曼见情况危急，立刻挺身而出，鼓励士兵排除万难，决一死战。他把自己的军帽套在军刀刀尖上，在列队的士兵前大声高呼："法兰西万岁！""民族万岁！"满腔怒火的士兵也跟着齐声高呼"法兰西万岁！"等口号，并唱起了庄严的《马赛曲》，紧握上了刺刀的步枪，严阵以待。普军对这突如其来的举动感到惶恐不安，不敢贸然发起冲锋。与其同时，法军炮兵紧密配合步兵，排炮齐发，打得普军晕头转向，四处逃窜。而法军步兵则迂回敌军左翼，迅速占领了通向凡尔登的要道，切断了普军的退路。普军陷入左右夹攻之中，军心涣散，纷纷溃逃。法军取得法国大革命以来反对入侵者的第一次胜利。

拿破仑身先士卒鼓士气

1796 年 4 月，拿破仑率领法军越过阿尔卑斯山，开始对意大利北部的进攻。战争一开始，法军接连取得了几个战役的胜利。奥地利哈布斯堡王朝为了阻止法国人继续前进，组建了一支由阿尔文齐将军指挥的精锐部队。1796 年 11 月 15 日，两军在阿尔科勒相遇，面对着人数较多的敌人，法军在拿破仑的指挥下发起了猛烈的攻势。在奥军最重要的据点阿尔科勒桥，法军三次猛攻都未能奏效，伤亡惨重。显然，时间再拖下去对法军极为不利。这时，身为总司令的拿破仑将军毅然自己高举起红旗，冲在队伍最前面。法军官兵见此情景士气大振，一举攻下了奥军的这个据点。拿破仑身边的几个士兵和副官先后阵亡。这场血战持续了三个昼夜，奥地利军队终于被击溃。

作为一个军事指挥官，需要沉着、冷静、坚毅、勇敢，更要有智谋。拿破仑深知，只要指挥员身先士卒，冲锋在前，必能激励官兵斗志，向敌人发起猛烈的进攻，一举打败敌人。当然，作为重任在身的高级指挥官，非到万不得已时，不能冒险带头冲锋陷阵，免得造成不必要的伤亡，影响整个部队的作战指挥。

林肯“洗人民澡”

林肯是美国历史上唯一出身于贫民的总统，他受命于危难之际，为民谋利，时常与群众接触，听取大众对政府和他本人的批评与意见。他把这种做法称为“洗人民澡”。这也是他从政的一种谋略。

在南北战争期间，一次，有位姑娘要求林肯总统开一张去南方探亲的通行证。林肯说：“那你准是个北方派，可以去那里劝说你的亲友。”那姑娘说：“不，我是个南方派，我将去鼓励他们坚持与你战斗，不要悲观失望。”林肯有点不悦：“那你还要找我干吗?”姑娘镇静地说：“总统先生，我，在学校读书时，老师就给我们讲诚实的林肯的故事，从此，我下决心要学林肯，一辈子不说谎。我当然不能为了要获得一张通行证而改变自己说话做事都要诚实的习惯。”林肯觉得自己的看法武断，而姑娘却言之有理，便和蔼地说：“好，我给你开一张。”说着，在一张卡片上写了这样几个字：“请让持本卡的姑娘通行，因为她是一个信得过的姑娘。”

林肯对待群众的批评意见，那怕是骂自己的话，只要是有道理的，也听得下去。有一次，他和儿子罗伯特驱车上街，遇到一队军队在街上通过。林肯随口问一位路人：“这是什么?”林肯原想问是哪个州的兵团，但没有说清楚。那人却以为他不认识军队，便粗鲁地回答说：“这是联邦的军队，你真他妈的是个大笨蛋。”林肯面对着一个普通的路人对自己的斥责声，只说了声“谢谢”，毫无半点怒容。他关上车门后，严肃地对儿子说：“有人在你面前说老实话，这是一种幸福。我的确是一个他妈的大笨蛋。”

林肯作为美国人民的总统，时常以民众的利益为重，虚心接受民众的意见。1860年，他作为共和党的候选人参加总统竞选时，这样说：“有人写信问我有多少财产。我有一位妻子和一个儿子，都是无价之宝。此外还租有一个办公室，室内有桌子一张，椅子三把，墙角还有大书架一个，架上的书值得每人一读……我实在没有什么可依靠的，唯一依靠的就是你们。”

林肯正是依靠民众的信任而作为美国第十六届总统的，他上任后一心为民，为大众办事，自然是他的宗旨。对人民的批评和建议他认真记取，因此，他在人民群众中享有相当高的威望。

林肯的忍耐

“忍耐”是林肯为人处事的谋略。1861年3月，阿伯拉罕·林肯正式就任美国第十六任总统。当时南方11个州已宣布脱离联邦，成立叛乱政府，并于4月挑起了叛乱，美国南北战争爆发了。在战争最初的几个月里，北方联军连连失利。麦克累伦将军虽然在军事上平庸无能，又公开拥护奴隶制，但在军界甚孚众望，林肯总统从战局出发，为了扭转败局，还是在1861年11月任命他为美国联邦陆军总司令，统率拥有16万8千人马的波托马克军团。

识诈降三擒孟获

就在1861年11月的一个夜晚，林肯、国务卿西华德和林肯的秘书约翰·海来到了麦克累伦的寓所。仆人说，将军参加一个婚礼去了，很快就会回来。约翰·海在日记中写道："我们进屋约等了一个小时，麦克累伦回来了。守门人告诉总统正在等着同他见面，但他爱理不理地走过总统和国务卿正在坐等的那个房间的门口上楼去了。"他们又等了约半个小时，再次派一个仆人去告诉这个将军，他们还在等着他。但得到的确是冷冰冰的回答："将军已经上床睡觉了。"

约翰·海认为这样有意的怠慢是军方凌驾于文官政府之上的第一个征兆。但林肯似乎并不在意。他说："特别是在这种时候最好不要去计较繁文缛节和个人尊严。"在另一天，林肯又说："只要麦克累伦能为我们赢得胜利，我情愿为他牵马。"

可见林肯一心只求内战的胜利，民族与国家的尊严得到维护，为此他可以忍受一切，牺牲一切。正是从内战这一大局考虑，林肯才任用了麦克累伦，并忍受了新任司令官的无礼，只要是能够取得战争的胜利，就不必计较个人的恩怨得失。必要时的忍耐精神，是识大体，顾大局的政治家所理应具有的。后来由于麦克累伦畏缩不前，并在西弗吉尼亚向奴隶主保证不触动奴隶制，并强调相反，我们将用铁拳粉碎任何奴隶暴动的企图。在军队中包庇叛徒打击激进派，迫害逃亡奴隶，还以错误的战略使联邦军队一再受到挫折，多次错失战机，林肯便毫不留情地将他撤换了。尽管林肯对麦克累伦颇有些错爱，但他那种顾全大局的忍耐精神却是令后人十分佩服的。林肯这种忍耐精神，这种领导艺术在南北战争期间，维护了阵营内部的团结，使部属能充分施展其才能，为内战的胜利奠定了基础，这是林肯的领导艺术之内容的一个侧面。正是因为林肯的德行、为人，及领导艺术才使林肯成为美国历史上一位伟大的总统。

希特勒设计除罗姆

冲锋队参谋长罗姆是为希特勒效力 14 年的打手。1933 年希特勒上台时，罗姆又控制了拥有 200 万人的冲锋队，他企图把国防军同冲锋队合并，由他统一指挥。他大肆鼓吹“第二次革命”，加剧了冲锋队同国防军的对立，已激化了同其他纳粹头目的矛盾。希特勒为争取国防军对自己的效忠，决定牺牲罗姆。但是，当时冲锋队势力很大，希特勒暂时无法下手，首先采取了安抚的手段，1933 年 12 月，他任命罗姆为内阁成员。1934 年 1 月，给罗姆写信，颂扬冲锋队在确保“纳粹革命”胜利和纳粹国家生存方面作出了不可磨灭的贡献。冲锋队的主要成绩应归功于罗姆，并把这封信登在1934年1月2日纳粹党的机关报《人民观察报》上。在希特勒作好准备以后，于1934年6月30日凌晨，突然从慕尼黑赶至维西，罗姆正在旅馆酣睡。希特勒走进罗姆的房间，把他痛骂一阵，下命把他带到慕尼黑关进监狱。同时戈林和希姆莱在幕后散布所谓“罗姆暴动”的谣言，揭开了血洗冲锋队领导人的序幕，被杀人数竟达1000多人。消灭了跟随希特勒出生入死的罗姆，获得了陆军的支持。希特勒的苦肉计得逞了。

英军妙施苦肉计

英国人认为双重间谍是欺骗敌人的绝妙工具，在第二次世界大战期间，英国曾把他们抓捕的德国间谍，收买过来，让其为德国提供英国情报机构炮制和篡改的情报，为反法西斯战争效力。穆特和杰夫便是二战期间英军的两个双重间谍，他们原来是德国情报局派到英国的间谍，他们俩均是挪威籍人。其主要任务是制造恐怖事端，进行破坏活动，收集军事情报等。后来身份暴露，成了英国海军情报局的俘虏，并决心反戈，投靠英国反对德国。为了使他们继续取得德国情报局的信任，英国情报部门用苦肉计导演了两次发生在英国境内的爆炸事件。

第一次是 1941 年 11 月，在维尔德斯敦附近一个食品堆栈里，英国人预先选择了实际上不会造成多大损失的地点，让穆特和杰夫制造爆炸事件。这是一个人口密集的地区，事件发生后，引来许多过路人上前救火。随后，英国报纸进行报道，以扩大事件的影响。接着，英国人又在纽弗莱斯特选择了一个人烟稀少，但在地图上标有一个旧军火厂的地方，再次让他们俩制造爆炸事件。为了造成是德国间谍进行破坏的假象，还专门在现场留下了作案证据，包括穆特“不慎”失落在现场的挪威制造的袋装指南器，而在英国军情五处派去特别调查员“发现”了更多的线索之前，英国人对这一事件却不加宣扬。这种以假乱真、恰到好处的安排，使德国人对两次事件信以为真并非常满意。当穆特和杰夫向德国上司报告了两次爆炸事件的“功绩”后，德国人急忙用降落伞空投了许多英镑、无线电发报机和一些爆破器材，供他们俩继续使用。于是，他们两人成了德国人认为可以信任的间谍，并从此开始向德军提供假情报，帮助英国海军进行了大量的欺骗活动。

英军战略欺骗计划的殉难者

1944 年 3 月 31 日，800 余架英国皇家空军的轰炸机先后起飞，去执行轰炸德国城市纽伦堡的任务。但是，当执行突袭任务的主力机群还没有接近目标时，便遭到了大批的德国空军战斗机有组织的拦截，预先有准备的德国空军毫不客气地大开了杀戒。这些勇敢的皇家空军做梦也没有想到，他们中的许多人成为英军一项战略欺骗计划的殉难者。

原来，早在这次突袭前，英国伦敦监督处（英国欺骗战总部）就预先把突袭计划告诉给德国人，目的在于使德国人更加信任一个双十委员会的特工人员，而这个人是盟军准备在实施“尼普顿”计划时用他来蒙蔽德军最高统帅部的。在这次突袭中，英国皇家空军损失飞机 178 架，伤亡飞行员 745 人，被俘 195 人。而德军仅损失飞机 5 架，伤亡人数，军民加在一起共 192 人。失败是惨重的，但伦敦监督处更知道数百万人参加的军事行动的成败可能取决于一二个重要的间谍是否得到信任是至关重要的。为了使德军以后能相信盟军在短时间内不会有大的行动的谎言，先把这次突袭纽伦堡的计划如实地告诉德国人是欺骗计划中重要的一环。事实证明这次牺牲代价在战略上是值得的，它使数以万计的盟军士兵在诺曼底登陆时免于死在海滩上，更重要的是使对方措手不及，从而赢得了战略主动权。

第三十五计　连环计

【原文】

将多兵众，不可以敌，使其自累，以杀其势。在师中吉，承天宠也[①]。

【注释】

①在师中吉，承天宠也：语出《易·师》卦。师，军队；吉，胜利。承，受；天宠，天助。意思是，军队要想取胜，必须获得外部条件的辅助。

【译文】

敌人力量强大，不要和它硬拼，要让对方互相牵制，从而削弱其力量。将帅靠指挥巧妙得当，用兵如神，获取胜利如同有天神相助一样。

【按】庞统[①]使曹操战舰勾连，而后纵火焚之，使不得脱。则连环计者，其法在使敌自累，而后图之。盖一计累敌，一计攻敌，两计扣用，以摧强势也。如宋毕再遇[2]，尝引敌与战，且前且却，至于数四，视日已晚，乃以香料煮黑豆，布地上，复前搏战，佯败走。敌乘胜追逐，其马已饥，闻豆香，就食，鞭之不前。遇率师反攻之，遂大胜。皆连环之计也。

【注释】

①庞统（公元一七九年——二一四年）：三国时刘备谋士，字士元，号凤雏先生。襄阳人。从刘备攻蜀，围攻雒县（今四川广汉北）时，中流矢而死。《三国演义》载有他向曹操巧献连环计事。

②毕再遇：南宋将领，字德卿，兖州人。在宋金战争中，他多次出奇制胜，大败金兵。

【译文】

庞统诈降曹营，怂恿曹操把舰船用铁索连结起来，然后纵火焚烧，使船只无法逃脱。使用连环计就是先让敌人自相箝制，互相拖累，然后再谋攻击的策略。前一计累敌和后一计攻敌结合运用，任何强敌都能摧毁。如：宋代毕再遇，常常设计诱敌来战。他忽而前进，忽而后退，就这样三番五次地把敌人缠住。到天色昏暗，他把预先用香料煮好的黑豆撒在阵地上，又前往挑战，一会儿又故意败退。敌人乘胜追击，可是他们的战马已经饥饿了，嗅到豆子的香味，都只顾抢着吃，任你鞭子抽打，也不肯走动。这时，毕再遇率领军队进行反击，回头猛扑敌人，因而获得大胜。这也是连环计的运用。

【计名探源】

连环计，指多计并用，计计相连，环环相扣，一计累敌，一计攻敌，任何强敌，无所不破。如果敌方力量太大，就不要硬拼，要用计使其自相箝制，借以削弱敌方的战斗力。巧妙地运用谋略，就犹如天神相助。

此计的关键是要使敌人“自累”，就是互相箝制，背上包袱，使其行动不自由。这样，就给围歼敌人创造了良好的条件。

【评语】

“连环计”是一次连续施用两个以上的计谋胜敌的谋略。《兵法圆机·迭》：“大凡用计者，非一计之可孤行，必有数计以辅也。以数计辅一计，由千百计练数计，数计熟，则法法生若间中者，偶也。适胜者，遇也。故善用兵者，行计务实施，运巧必防损，立谋虑中变，命将杜违制。此策阻而彼策生，一端抑而数端起，前未行而后复具；百计迭出，算无遗策。虽智将强敌，可立制也。”可见，在实战中，常常数计并用的。

古人认为，连环计就是使敌人行动不灵并自相钳制，然后，再运用围歼谋略。前计为累敌之计，后计为攻敌之计，两计结合运用，任何强敌都将被击败。

【战例】

三计保东土

三十六计之连环计

楚怀王死了。这以前，楚太子在齐国为人质，现在要回国继承君位。齐王见有利可图，便乘机要挟楚国献出东部五百里土地，方可放回太子。太子退下，向慎子求教。慎子说：“先答应齐国的要求，余下的事以后再说。”

太子回国即了君位，封号楚襄王。没多久，齐国派使者找上门来，向楚国索要先前答应的五百里土地。襄王很为难，又向慎子讨教。慎子回答说："请召集群臣，看他们怎么说。"子良进来，说："过去答应了，现在不给，是不讲信用，将不能以此约结诸侯。应当先给，然后再攻取。给他，表明我们说话算数；攻打他，证明我们武力强大。"子良退出，昭常进来，说："楚国所以称为万乘（拥有万辆兵车的国家），是因为地盘广大。如今割去东部五百里地方，楚国就去了一半，有万乘之名而无千乘之实，这怎么可以呢？坚决不能给！我请求去为大王守土尽责。"昭常退出，景鲤进来，也说不同意给，并提请派人向秦国求救。楚王觉得三人说得都有理，一时举棋不定。

慎子进来，楚王把子良、昭常、景鲤三人的话转告给他，并且说："众说纷纭，我将何所适从？"慎子从容地说："谁的都听。"楚王立刻拉下脸来，说："这话是什么意思？"慎子说："臣请用事实验证他们的说法都是对的。"楚王看他诚心诚意，并不似在开玩笑，于是委派子良到齐国去献地，又派遣昭常守卫所献之地，再派景鲤向秦求救。一切按三人意愿行事。

子良到了齐国，齐国派兵去楚东部接管地盘，昭常不给，说："我奉王命守土尽责，决心与国土共存亡。

如果你们一定要想得到这块土地，那么我将倾注所有的力量，上至六十岁的老人，下至三尺高的儿童，组成三十万大军，与齐军相周旋。”齐王责备子良耍花招。子良说：“楚王命令授与齐国土地，昭常不给，是抗诏，请大王攻打好了。”齐王果然大举兴兵，攻打楚国的东地。齐军正要跨过疆界，秦国出动五十万大军兵临齐国。齐王害怕后方有失，就让子良南归楚，并派使者去秦国求和，齐国的兵患才得以解除，楚国的东地也就保住了。

度尚平息贼乱

度尚是汉桓帝时的荆州刺史，胆识过人。当时，湖南长沙、零陵一带，盗贼蜂起，尤以卜阳、潘鸿两伙为烈。度尚奉命进剿，3 战 3 捷，卜阳、潘鸿两人被迫退入深山，凭险顽抗。度尚意图乘胜进剿，一举平息贼乱，但官兵们的口袋中已装满了金银珠宝，人人不思再战，个个渴望回师。度尚见状，心生一计，道：“卜、潘二贼非等闲之辈，现已退入谷中，凭险固守。我军连连征战，已疲劳不堪不便轻进。如今，我正在调集各路兵马来增援，待援兵到达后，合兵一处，一举破贼。援兵来到之前，弟兄们可以多多休息，养精蓄锐；也可以习武练功、上山打猎。”

命令一下，各营官兵无不欢天喜地。开始几天，官兵们还是有所约束；几天之后，上山的上山，打猎的打猎，白天几乎倾营出动，晚上则又吃又喝，闹得不亦乐乎。

一天，度尚趁军营中无人之机，暗派亲信人员潜入各军营中，将几座营盘一把火烧光。到了傍晚，外出行猎的官兵们陆续归来，见军营和私囊中的金银珠宝全部化之灰烬，不由得连连叫苦，又恼又恨。度尚乘机对官兵们说：“卜、潘二贼着实可恶！不杀不足以平我等心头之恨。卜、潘二贼所居之处，金银珠宝堆积如山，大家奋力剿杀二贼，今日的损失，明日补回，大家意见如何？”

官兵们无端遭受了这么大的损失，哪里还有不愿意的。

第二天，度尚出奇兵飞抵卜、潘二贼的山寨，卜阳、潘鸿只道是官兵还在吃喝、行猎，没有丝毫的防备，被官兵一阵猛杀猛砍，四散逃走，卜阳和潘鸿两人则被杀死在混战之中。

荆州的盗贼之乱从此平息。

三条锦囊妙计

东吴要夺荆州，想以招亲为名把刘备骗在手，以人换地。刘备不愿去，诸葛亮极力安慰他成行，并在临行前送给保驾刘备东行的赵云三个锦囊，让他根据事态发展依次打开。

赵云一到东吴，便打开第一条锦囊妙计，是让他大造声势，使东吴男女老少皆知娶亲一事，并把情况直达吴国太和乔国老，使孙权和周瑜难以下台，做假成真。结果刘备真的做了女婿。孙权和周瑜在硬的一手失败后，又拿出声色膏粱软的一手来腐蚀刘备，致使刘备乐而忘返。此时赵云打开第二条妙计，依诸葛亮之言，智激刘备决计动身返回荆州。刘备逃脱后，东吴挥兵追杀，赵云身单力薄，又有刘备和孙夫人在侧，难以抵挡东吴兵将，于是便打开第三条锦囊妙计，那上面写着：让孙夫人以吴国太之宠女和孙权之令妹的身份，震慑住东吴将领。这一着果然奏效，东吴军马是乘兴而来，败兴而归。

诸葛亮三条妙计环环相扣，滴水不漏，致使孙权和周瑜赔了夫人又折兵。

奇思妙想不是胡思乱想，它是根据已掌握的大量事实，对事态的发展进行合理的推测，并作出相应的应变对策。三条锦囊妙计，证明了诸葛亮在把握事实、推测事实和制定应变对策上，的确是神机妙算。

先诈后诱败劲敌

东晋建武元年二月，前赵帝刘聪派遣其从弟刘畅率劲兵三万突袭荥阳。当时驻守荥阳的西晋冠军将军李矩对前赵兵的突然南下准备不足，等得到消息时，前赵兵已进至朝王故垒，距荥阳只有七里，并派使者前来劝降。

素以勇敢刚毅，善于权略著称的李矩，看到形势危急，心生缓兵之计，先派人随前赵使者奉牛酒诈降，对刘畅表示臣服。然后将所统部队的精勇之士藏匿起来，只使老弱兵将守城，以示已弱。

刘畅果然中计，认为李矩已经表示投降，而军队力量又弱，夺取荥阳，势在必得。所以未得进城，便款宴将帅，以致将帅们个个喝得酩酊大醉。李矩得知消息后，连夜偷袭刘畅军营，但是所部将士惧怕刘畅兵多，打起来未必能胜。为鼓舞士气，李矩让心腹部将郭诵到荥阳的郑子产祠堂中祈祷，然后扬言军中，说子产显灵，将派神兵前来助战。将士们听此传闻，斗志大增，都踊跃争先，纷纷请战。李矩于是选精勇千人，乘夜偷袭了刘畅大营，一举获胜，斩杀前赵兵数千，仅刘畅一人身免。

张巡“草人借箭”守雍丘

唐朝末年，安禄山起兵反唐，派叛将令狐潮率重兵包围了雍丘（今河南杞县）。守将张巡留 1000 人守城，自己带领 1000 精兵，打开城门，分数队冲出。张巡身先士卒，冲进敌阵猛砍，兵士个个奋勇。叛军作梦也没想到张巡敢冲出城，措手不及，连连向后退。第二天令狐潮驾起云梯，指挥士兵登城。张巡又率领士兵把用油浸过的草捆点烧后抛下城来，登城的士兵被烧得焦头烂额，非死即伤，惨叫之声不断。

此后 60 多天里，只要一有机会，张巡就突然出兵攻击，或是夜里从城上缒下一队勇士杀入敌营，敌军日夜惊慌。张巡还用计夺取了叛军的大批粮食和盐。

粮盐虽足，但城中箭矢已消耗得差不多了。张巡又想出一条妙计。他让兵士扎了许多草人，给它们穿上黑衣。当夜，月色朦胧，张巡命令兵士用绳子把草人陆陆续续地缒下城去。城外叛军见这么多人缒下城，纷纷射箭，一时间箭如飞蝗。射了半天，叛军发觉不对劲，因为他们始终没听到一声喊叫声，而且又发现这一批刚拉上城去，那一批又坠下来，方知中计，所射的都是草人。这一夜，张巡竟得箭 10 万支。

当天深夜，张巡把外罩黑衣、内穿甲胄的士兵从城上放下去。叛军见了，都哄起来，以为又是草人。以后数夜，张巡都是如此，城外叛军全不在意。

一切准备就绪，张巡决定发起总攻。这一日，张巡又把 500 名勇士趁夜色缒下城去，勇士们奋勇突进敌营。叛军一点准备也没有，立时大乱。接着，叛军的营房四处起火，混乱中，也不知来了多少官军，张巡率军直追杀出 10 余里，大获全胜。

于仲文双假连环败敌军

北周叛将尉迟迥的一名属将席毗罗，聚兵十万屯扎沛县，欲攻打徐州。大将于仲文原打算进攻沛县，而后探知席毗罗的家眷和部属住在金乡，随即改变计划。他命令一部属假扮席毗罗的军使，来到金乡，诈称："明日午前，尉迟迥要派人前来宣布将令，同时犒劳守城将士，望尔等及早准备迎接。"守城官徐善净毫不怀疑，连连称是。翌日，一支人马打着尉迟迥的番号先行，于仲文率大军随后，向金乡进发。徐善净在城楼上望见尉迟迥旗号，急忙率文武官员迎出城来。行至近前才发现是诈，但为时已晚，不得不听敌调遣，带领敌军进入金乡城。于仲文未动干戈占领席毗罗老巢，料他必定来攻，便将自己的精兵埋伏在麻田里，仅以少部排列于城外，等候迎战敌军。席毗罗率军赶到，见于仲文兵力单薄，加之夺城心切，即刻挥军而上，不成想麻田里突然杀出伏兵，将席军截成数段，大砍乱杀，席军溃败而逃。

于仲文此一仗，避免与敌十万重兵正面交战，而先假扮敌使轻而易举拿下敌将老巢，进而摆迷阵待敌上当。这惑敌、诱敌双假连环之策，关键在于巧扮敌使、智取敌策，至使敌人一错再错，实乃攻心战。

陈友谅中计全军覆没

公元 1360 年，陈友谅杀徐寿辉，在采石（今安徽当涂北）自称皇帝，国号汉。他自恃兵强地广，企图联合张士诚，以东西夹击的手段，吞掉朱元璋。面对这种形势，朱元璋根据张士诚、陈友谅这两个割据势力的不同特点，决定对张士诚采取以守为攻，对陈友谅采取以攻为守的策略。因为，如果先打张士诚，陈友谅必出兵救援；若先打陈友谅，张士诚则不会轻易出兵。下定决

一鼓夺山

心之后，朱元璋便把主力放在西线，以对付陈友谅。朱元璋深知制胜强敌，不能力夺，只能智取。他经过深思熟虑，决定以调虎离山之计，诱使陈友谅“出洞”。朱元璋部将康茂才是陈友谅的旧友，康茂才的老门房也曾侍奉过陈友谅，朱元璋即令康茂才派老门房带着康茂才的亲笔降书“逃”到陈友谅军中，并向陈友谅提供了许多假情报，相约陈友谅兵分三路直取应天，然后里应外合，吃掉朱元璋。陈友惊中计，便问老门房：“康将军现在何处?”回答说：“现守江东桥”，又问是石桥还是木桥？回答是木桥。遂约定：陈友谅率军至江东桥后，以喊“老康”为号。朱元璋弄清了陈友谅进军路线和兵力分布底细，立即派胡大海攻取广信（今江西上饶市），直捣陈友谅后路，又派重兵在途中设伏、连夜把江东桥改为石桥。一切准备就绪，朱元璋即登上卢龙山顶亲自指挥，并规定发现敌人举红旗为号，伏兵出击举黄旗为号。陈友谅带领主力进至江东桥，发现是石桥，再喊“老康”亦无人呼应，知中计，顿时惊慌失措。此时，只见山上的黄旗一挥，刹时间伏兵四起，把陈友谅的兵马团团围住。经过一场恶战，陈友谅全军覆没，陈友谅侥幸坐上一只小船夺路而逃，从此朱元璋少了一个争霸对手。

戚继光大败倭寇保家园

明中叶，戚家军在福建取得横屿战斗的胜利之后，便进军倭患严重的福清县，待机消灭敌人。戚继光将这次进剿的主要目标定为牛田。牛田距福清县城东南30里，离海很近，是倭寇在福建的最大巢穴。平时，倭寇经常四出掠扰，杀人放火，奸淫妇女，无恶不作，福清人民深受其害，心里盼着有一天官军能把倭寇肃清。

通过对敌我双方力量的分析，戚继光知道，只有将士们齐心合力，才能打胜这一仗。因此在出师前，他把驻守福清地区的各支部队的主要将领请到一起，歃血盟誓，誓词说："凡不同心戮力，恃势急级、取财，与观望、妒忌者，有如此血。"为了有效地使用军队，戚继光把部队分为三路：两路从不同方向进入敌巢，戚继光亲自率领其中的一路；另一路的一部分设伏于大部队进击后的要道上，以防敌人抄袭，一部分扼断倭寇归路。戚继光积极进行作战准备的同时，却四处扬言："我兵远道而来，需要养精蓄锐，待时而动，非朝暮可计也。"倭寇侦知这个消息后，遂放松了警惕。

就在第二天夜里二更时分，戚家军借着夜幕的掩护，轻装衔枚，疾驰至牛田外围的杞店，神不知、鬼不觉地击杀敌人哨兵十余人，并将倭巢团团围住。倭寇以为戚家军不会短期内来进攻，因此一点防备也没有，戚家军从围墙爬入里面将寨门打开，兵士们一齐冲入，喊杀声震天。倭寇从睡梦中惊醒，慌得连衣服也顾不上穿就四下逃窜。戚家军又在四面放起火来，倭寇于慌乱中，不是被烧死，便是被戚家军擒杀。杞店的倭寇全部被消灭了。

战斗暂告一段落后，戚继光率领队伍开到离福清县城十里的锦屏山，安营休息。正在这时，接到一个报告，说倭寇有偷袭锦屏山的企图。于是戚继光命部将赵记、孙廷贤等带数百名弓箭手、火器手，在山前设伏以待。五更时分，倭寇步、骑兵 700 多人，前来偷袭戚家军的营地。当他们走进埋伏圈后，伏兵突起，箭、铳齐发。倭寇被打了个措手不及，偷袭不成，反被戚家军团团包围，消灭殆尽。

接着，戚家军乘胜直捣牛田倭巢，取得了巨大胜利，从此，福建境内暂告安宁。

“兵不厌诈”是兵家常用的计谋。戚继光在与倭寇作战中，用此法多次击败敌人。在攻打福建牛田倭寇巢穴的战斗中，他先散布部队远道而来，需要休整的舆论，使敌人上当，放松了警惕。然后用夜间突袭的办法，打得倭寇措手不及，从而夺取了战斗的胜利。

虚实相间救北平

就在朱棣袭取大宁之时，北平城四周却是杀声震天。李景隆军分三部围攻北平城：一部围攻九门，一部攻打通州，一部屯兵郑村坝，以待朱棣回师。南门的战斗最为激烈，守将李让、梁明与南军展开争夺战，双方伤亡惨重。燕王妃徐氏见南门告急，率城中妇女助战，他们向南军掷抛石瓦，抵挡南军。彰义门前也是险象环生，南军勇将瞿能父子率部猛攻，当即将杀入城门时，李景隆怕二人得功，令他们停止攻城。守城士卒得以组织反击，并连夜以水泼城，第二天水结成冰，南军不能攀登。北平守将朱高炽为了减轻南军对城内的压力，夜晚派小队燕军出城偷袭李景隆军营，南军为求安宁，后退扎营。双方攻守战处于胶着状态。

朱棣闻知北平告急后，决计用“先声后实”之计解围。十月十八日与宁王朱权合师回救北平，二十一日大军到达松亭关。此后，他放慢进军速度，十一月五日渡过白河，向郑村坝行进。

朱棣采用的这种先快后慢的行进战术有深刻蕴意。火速率师入关，造成奔袭决战的声势，这样会减轻北平守军的军事压力。入关后又迟迟不进，迫使李景隆昼夜防备，在很长时间内不得安宁。而长时间的防范，军队必然疲劳，待李景隆军“转逸为劳时”，自己军队却是缓慢进军，由劳为逸，这样便取得了主动。

十一月六日，朱棣认为发动进攻时机到了，令将士进攻郑村坝南军，李景隆列阵相迎。燕军以朵颜三卫骑兵为先锋首先向南军发起冲击。李景隆失去骑兵主力，难以抵挡燕军铁骑，但李军仗着人多一次又一次组阵还击，从午时战至傍晚，南军损失惨重。李景隆见燕军强悍，对前景感到恐惧，深夜引兵南逃。朱棣便率大军进抵北平城下，与围攻九门的南军大战。南军将士在内外夹击下，大多投降，十一月九日，朱棣回到北平城。朝廷北伐的第二仗又以失利告终。

努尔哈赤智取开原

明朝三路大军的惨败震惊了朝野上下，明朝廷在一片埋怨和混乱之中，迟迟拿不出扭转辽东危局的对策。后金汗王努尔哈赤见 2 个月后明朝廷对辽东局势仍未做出有力的决策，便决定乘机率军进攻开原。

开原是一座古城。“辽左三面临险，而开原孤悬一隅”。它东邻建州，西接蒙古，北界叶赫，不仅是明朝当时和蒙古、女真经济文化交流的重要场所，而且是明朝廷在辽东对抗蒙古贵族和女真贵族南进的前进堡垒。努尔哈赤要进兵辽、沈，自然要首先摧毁明朝孤悬一隅的堡垒——开原古城。

公元 1619 年 6 月 10 日，努尔哈赤率四万八旗兵，分奇正两路：以小股部队直奔沈阳为疑兵，沿途杀 30 人、俘 20 人以虚张声势；主力部队则指向靖安堡，于 16 日突抵开原城下。明开原守军兵无粮饷，马缺草料，腐败不堪。努尔哈赤事先就派谍工人员潜入城中，对明军内部的兵士勇怯、粮饷虚实、将吏智庸等情况了如指掌，当探知守军在城外远处牧放马匹时，便乘虚挥军突然围城。

当时，明开原守军原总兵官马林，同蒙古介赛、暖免订有盟约。他们答应在后金进攻开原时出兵相援。马林仗蒙古有援兵来援便疏于戒备，不加设防。八旗军驰至城下，马林来不及布防，摄开原道事的推事官郑之范等慌忙登城守御，并在四门增兵。八旗军一面在南、西、北三面攻城，布战车、竖云梯，鱼贯而上，沿城冲杀，杀得城上守兵纷纷溃逃；一面布重兵于东门，进行夺门搏战。由于后金派进城里的谍工人员“开门内应”，八旗军很顺利地夺门而人。

努尔哈赤在攻占开原的这场战役上，以声东击西，乘虚攻城，步骑摧坚，里应外合的策略智取开原，为后金的进一步南进创造了条件。

杜埃兹计取教皇宝座

公元 1314 年，博尼发斯教皇病逝。由于教会内部的权力纷争，在长达两年多的时间内，枢机主教团始终没有选出新的教皇。

1316 年 6 月，法王路易第十去世，他的弟弟菲利普·德·普瓦梯埃成为摄政王，为了选出有利于法国的新教皇，他与法国的枢机主教杜埃兹密切配合，以智取胜。首先，菲利普设法将二十四名枢机主教集中在里昂雅各宾教堂，以追悼路易第十的仪式稳住他们，在管风琴和唱诗班强大的音波下，封死了教堂的所有出口。枢机主教们成了瓮中之鳖，不选出新的教皇就休想出去。

下面就轮到杜埃兹的表演了。这位枢机主教已经七十二岁高龄了，又瘦又弱，别人很难看出他是个仍能行动敏捷、身体健康的人。杜埃兹巧妙地利用了他的外观“优势”，在被围教堂的日子里，他始终使劲地窝着脖子，弯下膝盖，显出七十二岁的衰老模样。他仿佛变成了苦行僧，向每个人作出了善良和宽容的榜样。别人向他提到这事，他只是回答说：

“我的死期快近了……这时候该作好准备”。

他的那份饭食，通常只略动一动，就送给他的某个对手了。一个多月后，当杜埃兹看到他的同事们已经疲惫不堪，再也忍耐不下去的时候，他的时机已经成熟了。他躺到床上再也不起来了，而让他的仆人四处游说：“我的主人没有多少日子好活了。大人，如果我是您，我就选杜埃兹当主教，这样大家不就可以出去了吗？等他一死，再选别人。这是个多好的机会啊。”

渐渐地，枢机主教们相信了杜埃兹仆人的话，加上摄政王在外面不断施加压力，8 月 7 日，枢机主教团终于投票选举杜埃兹为新教皇。选举结果一公布，杜埃兹立即从床上起身，脚步轻捷，精神焕发，他给自己取名为约翰，成为教皇约翰二十二世，开始了长达十八年的统治。

就这样，菲利普和杜埃兹利用以弱制胜的方法，通过里应外合，达到了他们的目的，从而使法国在以后相当长的时间内得到教廷的支持，巩固了菲利普的摄政王地位，为他日后登上国王宝座打下了良好的基础。

以弱取胜的方法应用范围很广，尤其在与人相处的时候，常常能发挥很大的作用。因为人类的天性就是同情弱者的，弱者也给别人以安全感，消除对方敌对、戒备心理，甚至使对方产生怜悯。在这种情况下，“弱者”当然就不难出奇制胜，反弱为强了。

马尔巴勒与布伦海姆大捷

1704 年，围绕西班牙王位继承权的两个同盟集团（一个以法、西为首；一个以英、奥、荷为首）的战争，已产生了对英、奥、荷联盟的不利局面。由于巴伐利亚背叛同盟，构成了对神圣罗马帝国首都维也纳的重大威胁。为了扭转这种不利态势，英军统帅马尔巴勒在尼德兰（今荷兰）组织英荷联军，对法国联军展开反击。他通过长途跋涉，出其不意地渡过莱茵河，并迅速进入巴伐利亚境内。这个行动打乱了法军的全盘计划，他们匆忙派军增援巴伐利亚，两军会合后，在法军统帅塔拉尔的统一指挥下行动，在多瑙河地区迎战英奥联军。法军认为，英军长途奔袭，遭优势法军的逼迫将不战自退。可是法军的这个估计错了。

马尔巴勒认为，在法军以优势兵力逼迫的情况下，如果硬拼是不利的，必须要分散法军的兵力。于是马尔巴勒说服了巴登的总督路易出兵围困戈尔施坦特，吸引和牵制法军。他自己则率军去与神圣罗马帝国（奥地利）的欧根将军会合。8 月 13 日清晨，他的联军在多瑙河畔的豪什坦特对法巴军队展开进攻。经过短暂的对攻，马尔巴勒采用巧妙计策，调开法军的中间阵地兵力，突然实施猛虎掏心的战术，以强大的骑兵直冲法军中央，割裂了法军的整体队形，法军大乱，骑兵都被冲散，法军溃不成军。成千上万的人被拥进多瑙河。并将收缩在布伦海姆村的大量法军团团围住。当晚会战结束，法巴军队伤亡达 2.8 万人，有 1.3 万人被俘。这就是英国人值得炫耀的布伦海姆大捷。

此战一举扭转了战局。法军节节败退，马尔巴勒迅速西进，不久他率 10 万大军直奔莱茵河，把法军赶向斯特拉斯堡。到 1707 年，马尔巴勒已经站在了法国的领土上。

拿破仑巧施连环计

武乡侯四番用计

1805 年 11 月，被法国在乌尔姆击败的俄奥联军在长距离撤退后，终于在奥洛穆地区停驻下来。沙皇亚历山大一世来到军中，与奥皇弗兰西斯会晤。联军得到俄国援军，数量上已超过法军。普鲁士王国已经派出使臣，向拿破仑发出最后通牒，如果法国不在一个月内撤出奥地利，普鲁士就要宣布对法作战。而且，普军 10 万部队已在运动之中。对拿破仑来说，形势非常险峻，时间对他极为不利。如果不在普鲁士参战前进行一次决战，对峙下去，法军的失败是不可避免的。法军只有想办法促使俄奥联军主动进攻，才有可能夺取胜利。

为了诱使俄奥联军尽快来攻，拿破仑没有消极等待。他通过严密的间谍组织，及时获悉了情报。原来，俄奥联军在是否与法军决战的问题上，分成了两派。一派以联军总司令、俄国老将库图佐夫为代表。这派认为，联军尽管数量上占有优势，仓促决战并无胜利把握，如能等待普鲁士参战，那么胜利将是必然的。另一派以沙皇亚历山大和联军总参谋长魏洛尔为代表，包括许多年轻的俄、奥军官，其中就有沙皇的侍卫长、年轻的彼得·道戈路柯夫公爵。他们认为，法军长途奔袭，已经到了精疲力竭的程度，拿破仑已是进退维谷，联军有足够的力量，趁机进行决战。如果拖延等待，那就是继续向拿破仑示弱了。

拿破仑详细分析敌情，认识到敌人的内部矛盾可资利用，最好的办法是促使亚历山大等主张速战的一派得到支持，而库图佐夫的老谋深算无法得逞。为此，拿破仑命令法军从某些前沿阵地开始后撤，做出被迫退兵的样子，并故意散布法军兵力不足、需要收缩战线的流言。同时，他采取主动措施，特地派遣自己的侍从武官萨瓦金作特使，到奥洛穆茨要求谒见沙皇，建议进行停战谈判。他指示萨瓦金，务必谦卑恭顺，恳求沙皇同意与拿破仑单独会晤，如果沙皇不同意此时同拿破仑见面，那就建议沙皇派一位全权代表，来法营进行商谈。

拿破仑的这些行动，在联军司令部里引起了激烈的争吵，显然促使主张速战的一派占了上风。亚历山大判断，拿破仑不到万不得已的时候，是绝对不会这样低声下气求人的。因此，他冷冷地拒绝了拿破仑关于进行单独会晤的要求，但也决定派侍卫长道戈路柯夫公爵进行回访，作象征性的谈判，同时也嘱咐自己的这位心腹，注意观察拿破仑的动静。

拿破仑高兴地抓住了这个有利机会。他在会见道戈路柯夫公爵时，成功地演出了一出滑稽剧。首先，他故意装出一副精疲力竭的样子，好象他有明显的忧虑：法军的景况不太顺利。当然，他的表演是恰到好处的。因为，拿破仑知道，过分做作也会露出马脚，可能反而引起怀疑。其次，在会谈中，他又故意摆出大国皇帝的架子，以示不能丢弃尊严。他巧妙地拒绝了沙皇使者提出的要求，坚持不能放弃意大利等地。不过，他拒绝时是吞吞吐吐地表达的，因而加深了俄国使者的印象：拿破仑已是信心不足了。结果，刚愎自用的道戈路柯夫把这些虚假的信息，连同他自己对一些表面现象的肤浅观察，一古脑儿灌输给了沙皇。亚历山大一世更加坚定了决心：尽快发起对法军的进攻。他认为，不必等待普鲁士的参战，完全可以用俄奥联军把拿破仑打败；如果久等援军的到来，说不定拿破仑还要逃过多瑙河了。这正中了拿破仑下怀。

莫罗智胜约翰大公

1800 年 6 月，马伦哥会战结束后，奥地利政府仍宣称在 1801 年 2 月之前不单独与法国签订合约，这种拖延激怒了拿破仑，遂于 11 月 5 日下令取消休战恢复战争行动。此时，莫罗将军率领的法国莱茵集团军（5.6 万人）在慕尼黑以东 32 公里处的霍恩林登附近与奥地利约翰大公率领的多瑙河集团军（约 6 万人）对峙。根据拿破仑的命令，法军企图将敌人赶过莱茵河一线；奥军的企图则针锋相对。莫罗认为，敌我力量悬殊不大，硬拼则容易两败俱伤。约翰大公是个无经验和愚笨的指挥官，容易上当，我何不用计而智胜呢？

莫罗的计策是：以一先头部队主动进攻奥军，时机成熟后突然退去，使奥军产生轻敌思想。尔后散发假情报，制造一些假象，证明法军已向伊扎尔河方向撤退。约翰大公必然乘胜追击，在奥军的必经之路上伏击即可一举获胜。

12 月 1 日，法军先头部队在安普芬与奥军接战，战斗结束时法军佯败而去。约翰大公轻易取胜，认为法军不堪一击。奥军侦察报告，法军的军营已空，根据沿途丢弃的物品和法军的文书分析，法军已开始撤向伊扎尔河方向。约翰大公毫不犹豫，立即命令部队展开追击，以四个纵队向前挺进。因求胜心切，追击的道路经过一片森林，道路崎岖不平，而且组织涣散（没有侦察、没有统一的指挥、各纵队缺乏协同）。与此同时，法军则在霍恩林登村附近占领了有利地形，设好了埋伏，并派好机动部队实施迂回，切断敌人的退路。12 月 3 日 8 时许，奥军先头部队刚出森林，在霍恩林登村外突然遭到法军袭击，大部队地处森林没有道路，无法展开。各纵队又被法军的机动部队分割，奥军措手不及，且战且退。当法军机动部队截断奥军退路时，奥军大部已处于被围困之中。莫罗命令部队转入总攻。至中午，奥军全面崩溃。其残部在法军追击下向莱茵河方向逃去，法军获得全胜。此战奥军伤亡 5 千人，被俘 9 千人，87 门火炮全部被缴获；而法军仅损失 2.5 千人。

此战使奥地利被迫退出战争，并于 1801 年 2 月签订了不平等的吕内维尔和约，这标志着第二次反法同盟结束。

祖鲁人的骄傲——开芝瓦约

开芝瓦约是南非祖鲁部落（祖鲁人、阿马祖鲁人）的领袖（也叫国王，但没有固定的疆界），他倡导部落统一，同外来的英国侵略者作斗争，他领导着一支训练有素的祖鲁军队，这给英国的侵略带来了障碍。1878 年 12 月，英国驻南非高级官员弗里尔向开芝瓦约提出要求：解散军队，准许英国总督进驻南非并有权控制祖鲁人的行动。这种无理的要求，遭到祖鲁人的严词拒绝。一场大战已不可避免。

1879 年 1 月 11 日，英军在切尔姆斯福德勋爵的指挥下，成三路纵队（每路 1.5～2 千人）越过土格拉河，入侵祖鲁部落。就在英军行动的同时，开芝瓦约巧妙的将 2.5 万人的祖鲁军（只有少部分人装备了大炮，其他均为冷兵器）埋伏在首都乌伦迪附近，准备以逸待劳。20 日，开芝瓦约得知英军中路主力 24 团率先渡过费茨河，在伊散都纳山南坡扎营。开芝瓦约决定抓住这个战机，给英军一个沉重的打击。他把祖鲁军的主力悄悄调集到伊散都纳山附近埋伏起来，同时命令一支伪装的祖鲁军队向东逃跑，英军认为祖鲁军要转到外线作战，于是派出主力尾追而去，大本营只留下约 2 千人的英军。

这正好中了开芝瓦约的计谋。

当英军的主力被引开后，祖鲁军在开芝瓦约的率领下，不失时机地从埋伏地直扑英军营地。英军措手不及，阵地失守，惊慌失措，没有组织起有效的防守。仅几小时，英军伤亡 800 人，900 人被俘。这是英军自 1856 年以来所遭受的最重大的损失之一。

祖鲁军装备落后，与装备先进的英军作战是很难取胜的。但开芝瓦约调虎离山、巧布迷阵，运用了一连串的高超计谋，消灭了一个英军纵队。这是南非人民反对殖民主义斗争史上最光辉的一页。开芝瓦约是祖鲁人的骄傲。

曼涅里克的连环计

1890 年，意大利根据不平等条约，欲将埃塞俄比亚划入它的殖民地。埃塞俄比亚人民严正拒绝这一要求，埃皇曼涅里克二世向意政府宣布：1894 年 5 月 2 日，埃国将不再履行这个不平等条约。7 月 17 日，意大利组建一支 1.4 万人的军团，由巴拉蒂埃里将军指挥，武装入侵埃塞俄比亚。1895 年，意大利军连续获胜，并占领了一些重要地区。为了打击意大利侵略军，到年底曼涅里克已组建了一支 12 万人的埃军。并在 12 月 7 日的安巴——阿拉吉附近的战斗中首次获胜，埃军开始反攻。

埃皇曼涅里克一心要打败意大利军。他进行了周密的战前准备，他设计了一个连环计，要让敌人一步一步进入他的圈套。首先，他要派遣一支小部队佯攻意大利占领的沿海港口，造成意军错觉，诱使意军在埃军攻占沿海港口的必经战略要地阿杜瓦阻截埃军；与此同时，他让一些人化装成当地农民，给意大利军传送假情报，坚定敌人前往阿杜瓦的决心；尔后，针对意军对当地复杂地形不熟悉的弱点，让士兵化装成当地居民给意军作向导，将敌人引入他在阿杜瓦附近设好的埋伏圈，一举将意军击败。

南蛮王五次遭擒

实际行动正如曼涅里克所料。1896 年 2 月，当埃塞俄比亚的小股部队出动后，意军首领巴拉蒂埃里将军错误地认为埃军是要袭击沿海要地。他当即命令意军放弃一些其他地区，集中兵力向阿杜瓦进军。由于行军仓促，粮草不济，加上埃军小股部队的袭扰，意军产生急躁的情绪，只想尽快赶到阿杜瓦。这时，意军又从埃塞俄比亚人的假情报中得知，圣母玛丽娅节将临，埃军大批官兵已前往古城阿克苏姆朝圣，军中空虚，战机难得。巴拉蒂埃里信以为真，立即将他的主力 1.7 万人分成三个纵队，分别由阿尔伯东尼、阿里蒙德和达博米达少将指挥，强行军前往抢占阿杜瓦的制高点。2 月 29 日，大雨倾盆，意军在泥泞中艰难行进，天色漆黑。阿尔伯东尼的纵队迷失方向，当地“居民”主动为他们带路。这位向导领着意军在山地里转了两天，仍然没有到达目的地，却进入了埃军的伏击圈。疲惫不堪的意军哪能经得起埃军的突袭，战斗仅 1 小时就将阿尔伯东尼纵队全歼，他本人也被俘。接着，埃军骑兵出动，将阿里蒙德纵队全歼于安巴——拉绚地区。傍晚，达博米达纵队在阿杜瓦城东被击溃。至此，曼涅里克指挥的埃军大获全胜，意军伤亡 1.1 万人，4 千人被俘；埃军伤亡 1 万多人，意军统帅巴拉蒂埃里躲入草丛，才免于一死。

曼涅里克一连串的计谋得以如期实现，在于他对意大利军队作战特点的了解及对指挥官的深刻研究。再加上他熟悉有利的地形，这就使他能知己知彼，战而获胜。

子贡巧救鲁国

公元前 184 年，齐国的右相陈恒企图操纵国政，但又害怕朝中大臣国书、高无平从中作梗，便向齐简公建议，派国书等几位大臣领兵攻打鲁国，说是鲁国曾与吴国一道攻打过齐国，应该报仇解恨。齐简公采取了陈恒的建议，派国书为大将，带着高无平等大臣率领兵车千乘来到汶水之滨扎营。

孔子听到这个消息，大吃一惊，与他的几个学生商量说："鲁国是我们的父母之邦，现在有难，不可以坐视不救，有谁能制止齐军攻打鲁国呢?"听了孔子的话，子贡自告奋勇地说他有办法解救鲁国面临的危难。

子贡先到齐国见到右相陈恒，他对陈恒说道：鲁国的城墙低而薄，护城河狭而浅，国君懦弱，大臣无能，军队不善于打仗，是个难于征伐的国家，而吴国城墙高而厚，护城河宽而深，兵多将广，是个比较容易征伐的国家啊！陈恒听了这话，很生气，认为子贡在戏弄他。子贡便让陈恒屏退左右，悄悄地对陈恒说："据我观察，相国与大臣国书、高无平有些不和。国书与高无平率军进入衰弱的鲁国，一定能取胜；取胜的功劳自然属于国书与高无平，这些人的权势会不断增加，而相国您便将因此面临困境了。因此，假如您能设法使国书、高无平率兵攻打吴国，势必遭到失败，国书与高无平将面临困境，这对于相国您掌大权是很有利的啊！”

《东周列国志》版画之子贡说列国

陈恒听了子贡的话，很是高兴，但考虑到齐军已开到汶水，忽然又叫他去打吴国，别人会怀疑他的动机，因而有些犹豫不决。

子贡了解到陈恒的思想顾虑，便又对陈恒说：“只要您能叫他们按兵不动，我便立即到吴国去说服吴王来救鲁伐齐，这样，齐国就有理由攻打吴国了。”陈恒同意子贡的主意，竟以听说吴国将出兵攻齐为理由，叫国书暂不攻鲁。

子贡日夜兼程赶到吴国，对吴王夫差说："上次吴国和鲁国联合攻齐，现在齐国人为了报仇，已屯兵汶水之上，准备先攻打鲁国，再攻打吴国。大王您何不先发制人，兴兵伐齐救鲁？以吴国的强大，定能打败齐国，这样也可使鲁国听命于吴国了。"夫差说："上次打败齐军后，齐国表示服事吴国，一直不来朝贡，我正要向他问罪呢？只是听说越国有侵犯吴国的野心，我准备先打越国，再进兵齐国。"

听了夫差的话，子贡表示自己愿意去说服越王，让越王亲自率军跟随夫差攻齐。夫差高兴地答应了。

子贡来到越国，告诉勾践说："夫差怀疑越国将攻打吴国，吴国就要兴兵伐越了。勾践听了很着急。子贡便教给他一个办法：亲自率领一支军队，跟随吴王攻打齐国，这样可以消除吴国对越国的怀疑，将来如果吴国战败，力量就会削弱，吴军战胜，一定会与强大的晋国争霸，这样，后方必然空虚，越国便可以乘虚而入。勾践十分赞成子贡的主意。过了几天，越王便派文种向吴王献宝剑、精甲等礼物，并表示越王将亲率 3000 军士随吴伐齐。吴王很高兴。子贡又说服吴王，只要让越军参战就行，而越王勾践则不必亲自出征了。

接着，子贡辞别了吴王，又赶往晋国，对晋王说：

人无远虑，必有近忧。吴军正要攻打齐国，如果吴军取胜，吴王一定会要和晋国争霸，晋国应有所准备……

等子贡回到鲁国，吴军已打败齐国。不久，吴王又率大军北上伐晋。这时，越王勾践便乘机攻占了吴国都城。

子贡一番攻心游说，布置了一个使齐、吴、越、晋等国互相牵制的连环巧计，使鲁国免遭齐军的攻伐，又免受吴国的挟制，从而挽救了鲁国。

第三十六计　走为上[1]

【原文】

全[2]师避敌。左次无咎，未失常也。

【注释】

①走：这里指有计划的退却。

②全：保全。

【译文】

把军队暂时撤走，避开敌人的锋芒，以退为进，待机破敌，这不违背正常的用兵法则。

【按】敌势全胜，我不能战，则必降、必和、必走。降则全败，和则半败，走则未败。未败者，胜之转机也。如宋毕再遇[1]与金人对垒，一夕拔营去，留帜于营，豫缚生羊悬之，置前二足于鼓上。羊不堪倒悬。则足击鼓有声。金人不觉，相持数日，始觉之，则已远矣。可谓善走者矣。

【注释】

①毕再遇：见第三十五计《连环计》注②。

【译文】

如果敌方兵力占绝对优势，我方不能战胜他，只有投降、媾和和退却等三条路；投降，是彻底失败；媾和，是一半失败；退却，不是失败，而是转败为胜的关键。例如：宋代毕再遇和金人对抗，因为金兵强大，宋营兵少，他便在一个夜晚把队伍完全撤走，只把旗帜留在阵地上，预先把羊倒吊起来，又把羊的前腿放在鼓上；羊被吊得难受，两腿不停地乱动，于是把鼓敲得咚咚地响。金人日夜听到鼓声，没起疑心，不知道毕再遇早已撤走。几天以后，金人才发觉，但是毕再遇已经去得远了，这是"走为上"这一计的妙用。

【计名探源】

此计名出自《南齐书·王敬则传》："檀公三十六策，走为上计。"至宋惠洪《冷斋夜话》卷九："渊才曰：'三十六计，走为上计'。"其实，我国战争史上，早就有"走为上"计运用得十分精彩的例子。

春秋初期，楚国日益强盛，楚将子玉率师攻晋。楚国还胁迫陈、蔡、郑、许四个小国出兵，配合楚军作战。此时晋文公刚攻下依附楚国的曹国，明知晋楚之战迟早不可避免。

子玉率部浩浩荡荡向曹国进发，晋文公闻讯，分析了形势，他对这次战争的胜败没有把握，楚强晋弱，其势汹汹，他决定暂时后退，避其锋芒。对外假意说道："当年我被迫逃亡，楚国先君对我以礼相待。我曾与他有约定，将来如我返回晋国，愿意两国修好。如果迫不得已，两国交兵，我定先退避三舍。现在，子玉伐我，我当实行诺言，先退三舍。（古时一舍为三十里）"

他撤退九十里，已到晋国边界城濮，仗着临黄河，靠太行山，足以御敌。他已事先派人往秦国和齐国求助。

子玉率部追到城濮，晋文公早已严阵以待。晋文公已探知楚国左、中、右三军，以右军最薄弱，右军前头为陈、蔡士兵，他们本是被胁迫而来，并无斗志。子玉命令左右军先进，中军继之。楚右军直扑晋军，晋军忽然又撤退，陈、蔡军的将官以为晋军惧怕，又要逃跑，就紧迫不舍。忽然晋军中杀出一支军队，驾车的马都蒙上老虎皮。陈、蔡军的战马以为是真虎，吓得乱蹦乱跳，转头就跑，骑兵哪里控制得住，楚右军大败。晋文公派士兵假扮陈、蔡军士，向子玉报捷："右师已胜，元师赶快进兵。”子玉登车一望，晋军后方烟尘蔽天，他大笑道：“晋军不堪一击。”其实，这是晋军诱敌之计，他们在马后绑上树枝，来回奔跑，故意弄得烟尘蔽日，制造假象。子玉急命左军并力前进。晋军上军故意打着帅旗，往后撤退。楚左军又陷于晋国伏击圈内，又遭歼灭。等子玉率中军赶到，晋军三军合力，已把子玉团团围住。子玉这才发现，右军、左军都已被歼，自己已陷重围，急令突围。虽然他在猛将大心的护卫下，逃得性命，但部队丧亡惨重，只得悻悻回国。

这个故事中晋文公的几次撤退，都不是消极逃跑，而是主动退却，寻找或制造战机。所以，“走”，是上策。

又如：

春秋时期，楚国在南方诸国中，地盘较大，国力较强，所以它极力想进一步扩张势力，企图称霸诸侯。

这一年楚庄王命令大夫戢黎率领楚军进攻庸国，戢黎熟悉楚西境的地理人情，一举攻占了庸国的方城（在今湖北竹山县东 45 里）。但庸人集众奋力抵抗，楚军一时也不能取胜。此时戢黎部将子扬窗守方城，因麻痹大意而被庸人俘获。庸人对子扬窗看守不严，三日后子扬窗逃回，向戢黎报告情况说：“庸国人数众多，各部齐集，都是手拿武器，身穿异服的兵士，如果我们兵少，则很难取胜。不如调集所有的主力和后备人马，一举攻入庸国，才能全歼庸军。”师叔不同意地说：“强攻不行，对庸国部众，应以智取，不能硬拼。可先佯作退走，有意小败几次，使庸人以为我军不堪一击，因而骄横，庸人越是胜利而骄傲、放纵，就越会激怒我军士兵，然后再等待时机进攻。”于是由他亲自率军与庸人接战，一连七仗，师叔都有意败下阵来。庸人真以为楚军不能打仗，骄傲地说：“人都说楚军强悍，但不是庸人的对手！”因而戒备松懈了。

三十六计之走为上

楚庄王率后续楚军，亲自乘车驻到临品（今湖北均县）督战。师叔向楚庄王报告了七战七走以骄庸人的情况，并说：“时机已经成熟，请大王发起攻击吧，一定能歼灭庸军。”楚庄王立即下令分两路攻打庸国。一路由于越率部从石溪（楚人庸的要道）攻入庸国，一路由子贝带兵从仞地（亦人庸要道）进袭。庸人因有前一段时的胜利，轻敌麻痹，哪里想到，楚军会有这么大的威力。子越、子贝两路夹攻，庸国国君倾全国兵力迎战，抵挡不住，节节败退。楚军长驱直入，竞破庸城，庸国被楚灭亡。

师叔以退为进，率楚军七战七走，终于赢得最后的胜利。

【评语】

“走为上计”又作“走为上”、“走为上着”。其意为：在敌我力量对比相差悬殊的不利形势下，采取主动而有计划的退却，以避开强敌，重新寻找战机，从而以退为进。这在谋计中，也应看作上策，因为世上没有常胜将军。《南齐书·王敬则传》：“檀公三十六策，走为上计。”《十一家注孙子·虚实篇》：“退而不可追者，速而不可及也。”

古人认为，当敌军占有绝对优势，而我方毫无战胜的可能之时，其出路只有投降、媾和、退却这三条路可供选择。投降是彻底失败，媾和是一半失败，而退却与失败根本不同，而是转败为胜的关键之所在。

【战例】

孟尝君脱身计

秦王听说齐国的孟尝君贤能，就派自己的弟弟泾阴君到齐国做人质，请孟尝君到秦国去，辅助秦王治理国家。孟尝君来到秦国，秦王让他做了丞相。

有人对秦王说："孟尝君做秦国的丞相，必然遇事先为齐国打算而后为秦国打算，秦国不是很危险吗?"秦王想想也有道理，就封楼缓为丞相，把孟尝君抓了起来，打算杀掉他。孟尝君派人向秦王宠爱的侍妾请求解救，这个侍妾说："我想得到孟尝君的狐白裘。"孟尝君确有一件狐白裘，但已经献给了秦王，没有别的来满足秦王宠妾的要求。孟尝君就让他的一个精于偷盗的门客潜入秦王收藏宝物的地方，盗出了狐白裘献给了那个宠妾。这宠妾就在秦王面前为孟尝君说情，使秦王放了孟尝君。可是，秦王刚刚放走孟尝君就立即反悔起来，派人追赶孟尝君。孟尝君逃至边关，边关的规矩是每天鸡叫的时候才开关放出游客，当时时间尚早，关门未开，秦王派来追赶孟尝君的人快要来到。孟尝君门客中有人善于摹仿鸡叫。他这么一叫，四周的鸡也都跟着叫了起来，这样才骗开了门。孟尝君得以逃脱灾难而回到齐国。

范蠡功成身退弃官经商

春秋末期政治家、军事谋略家、越国大夫范蠡，在越国为吴国所败时，他曾跟随越王勾践赴吴国做过两年人质；回越后，与文种等谋臣协助越王勾践发愤图强，于公元前 473 年灭亡吴国，越国一时成为中原诸侯的一霸。当勾践在姑苏城吴王宫召开庆功大会时，范蠡却带着倾国倾城的美人西施隐居起来了。为了免遭杀身之祸，安乐而终，范蠡离开越王勾践时，故意制造出自杀的假象：当勾践派人去接收范蠡的军队，防止范蠡变心时，范蠡把自己的外衣扔在太湖旁边，并在衣兜里留下写给勾践的一封信，其大意是说，今天大王灭了吴国，当上了霸主，我的本分总算尽了。可是还有两个人，留着他们大王没有好处，一个是西施，她迷惑了夫差，弄得吴国灭亡了，如果留着她，也许能迷惑大王，因此，我把她去了；另一个就是我范蠡，他帮助大王灭了吴国，留着他，他有可能扩大自己的势力，因此，我把他也去了。勾践看完这封信后知道范蠡杀了西施之后，范蠡自己便自杀了。勾践这才放心了。其实范蠡并没有死，他带着西施和一些财宝珠玉，弃官经商，改名更姓，跑到齐国去了。后来又搬到当时人口众多、交通便利、买卖发达的大城镇定陶，称为朱公，即后来成为百万富商的陶朱公。范蠡离开越王勾践不久，曾托人送过一封信给他的好友文种，信上说："你还记得吴王夫差说过的话吧，'狡兔死，走狗烹；敌国灭，谋臣亡'。越王这个人能够容忍敌人的欺负，可不能容有功的大臣。我们只能够同他共患难，可不能同他享安乐。你现在不走，恐怕将来想走也走不了。"果然不出范蠡所料，勾践在灭了吴国之后，对那些和他一起共过患难的人，慢慢地疏远了，对于文种这样有才干的人，更是疑心重重，最后，他竟逼文种自杀了。文种临死前夕，还对天长叹，痛悔自己没有听范蠡的话，而落下兔死狗烹的结局。

孙膑功成身退著《孙膑兵法》

孙膑与齐国大将田忌指挥齐军取得大败魏军的马陵战役后，随即功成身退，他谢绝了齐威王对他的封赏，同时主动辞去军师的官职，过起隐居生活，把晚年的全部精力用于总结战争经验和军事著作的写作，从而写下了流传千古的《孙膑兵法》。孙膑功成身退，一方面是他淡泊功名利禄；另一方面是他自己因在魏国曾亲遭庞涓的陷害，有切身的教训。孙膑看得非常清楚，在马陵之战前后，齐国统治集团内部的矛盾日益激化，相国邹忌与大将田忌关系越来越紧张，个人的恩怨愈积越深，发展到你死我活地步。邹忌一开始是反对出兵救韩，其真实目的是怕田忌立功，影响到自己的声誉及地位。后来因齐威王赞成出兵救韩，邹忌无法阻拦，又一改初衷，阴谋通过战争而使齐败，寄希望田忌战败身亡，或战败而借机诬陷田忌，利于自己除掉田忌。对此，孙膑看得十分清楚，并警惕万分。所以马陵战役胜利后，孙膑曾献谋于田忌，请即带兵入朝，驱除邹忌，田忌没有采纳。结果，田忌不久便遭到邹忌的陷害，被迫流亡到楚国。

张良功成身退专心养精修道

张良在辅佐刘邦建立汉王朝以后，自请告退，专心修道养身。促使张良激流勇退的原因主要有三个，其中既有主动的成份，也含被迫的因素。第一，张良参加刘邦反秦，主要是他的祖父、父亲曾连续任战国时韩国的宰相，但韩被秦国所灭，他要为韩报仇。当刘邦建立汉朝论功行封时，张良辞让了刘邦令其自择齐国3万户为食邑的封侯，而自请封给与刘邦相遇的留地，故称张良为留侯。张良为韩报仇灭秦的政治目的和“封万户、位列侯”的个人目标都已达到。第二，张良看到彭越、韩信等开国元勋功臣被诛杀的悲惨结局，联想到范蠡、文种兴越后或隐居或被诛杀，他深深领悟“狡兔死，走狗烹；高鸟尽，良弓藏；敌国灭，谋臣亡”的政治哲理，深怕韩信等人的命运落到自己头上。第三，张良虽谋略过人，但身体素质较差，体弱多病，身患多种疾病，为了健身益体，故让权于人，潜心养精蓄气，延年益寿，这实在是军事谋略家高人一筹之举。

刘伯温功成身退回故里饮酒吟诗

为朱元璋平天下，治天下，立下了汗马功劳的刘伯温在功成之后，多次上书请求告老还乡，其原因亦是主动与被动两种因素相撞促成的结果。洪武三年（公元1371年），朱元璋授予刘伯温弘文馆学士，封开国翊运守正文臣、资善大夫、上护军、诚意伯。刘伯温为了免遭朝廷官场斗争的不测之祸，随即上书明太祖要求辞仕过隐居生活。原因有二：一是青少年立下的报国志得以实现，位至开国功臣之列。二是他生就这豪爽刚正、嫉

张良献履

恶如仇的思想性格，在为朱元璋出谋划策时曾得罪过不少人，像宰相李善长、胡惟庸等人，就是对明太祖朱元璋，他也常常直谏不讳。因此，他想尽早从官场的漩涡中抽出身来，激流勇退。洪武四年二月，刘伯温回到浙江青田南田山（今浙江省文成县）故里，在乡间每日读书吟诗，饮酒奕棋，谢绝同一切官府来往，静心修养乐哉快哉。说刘伯温上书请求辞职含有被迫原因，还可以从他后来被朱元璋剥夺俸禄一事加以佐证。公元 1373 年，胡惟庸当上了丞相，他对刘伯温曾经在明太祖面前不同意自己担任丞相一事，怀恨在心，故诬陷刘伯温在故里谋占有王气之地为自己墓地，图有不轨。朱元璋因疑心极重，遂于第二年下旨剥夺了刘伯温的俸禄。刘伯温被迫忍气吞声进京说明真情，不想在京积忧成疾，公元 1375 年 3 月他重病不起，被送回乡里，一月后逝世。如果刘伯温在朱元璋登基称帝的前夕，不待封官列侯即隐退故里或山中寺院，恐怕也不至于后来遭到剥夺俸禄的冤屈。由此看来，政治斗争中的急流勇退宜早不宜迟，否则，虽辞职也难保全终身。

檀公脱险

公元430年，南朝宋文帝为收复被北魏占去的黄河以南大片土地，派长沙王刘义欣率军北伐。由右将军到彦之指挥安北将军王仲德等水军五万，自淮泗入黄河，溯流而上。由骁骑将军段宏率轻骑八千取直虎牢（今河南荥阳县汜水镇）。北魏太武帝决定，把黄河以南的军队撤到黄河北岸，修造战船，集中兵力防守，以便伺机反攻。

宋军没有遇到抵抗，就顺利地占领了滑台（今河南滑县东）、洛阳（今河南洛阳）、虎牢等战略要地和黄河以南的大片土地。许多宋将以为北魏军队害怕宋军，不敢交锋，望风而逃了，因而都欢庆胜利。唯独水军将领王仲德认为，魏军不战自退是一种策略。其目的是为了保存实力，集中兵力，卷土重来。果然，这年十月末，寒流突然袭来，黄河结了冰。魏军见时机已到，踏冰过河，急速南下，接连攻下洛阳和虎牢。宋将到彦之见抵挡不住，准备全线撤退，经王仲德等劝阻，才下令坚守滑台。

第二年正月，宋文帝派大将檀道济率军援救滑台。檀道济亲自上阵与魏交战30多次，扭转了战局。当檀道济进至历城（今山东济南市）的时候，魏军派轻骑兵，向宋军发动突然袭击，堵截、烧毁了宋军的辎重粮草。

檀道济没有了粮草，只好决定从历城撤军。这时，有个宋军士兵逃到魏营中，把宋军缺粮的情况全都告诉了魏军。魏军得到情报立即追来。宋军士兵看到敌人追来十分恐惧，有的商量要找机会逃跑，眼看就要溃散，檀道济为了防止敌人追击，想了一个办法欺骗敌人：夜里，檀道济亲自到粮库查点情况。他让士兵用量器量沙子，檀道济让士兵把仅存的一点米盖在沙堆表面。魏军侦探得到这些情况，立即报回。魏将以为告密的士兵是檀道济派去的，引诱他们受骗，就把这个士兵杀掉了。

当时，檀道济兵力不多，而魏军却很多，魏军骑兵把宋军包围在中间。檀道济就命令将士们穿上整齐的铠甲，列队行进；他自己穿着白色服装，坐在车子上，威武安然地带领部队缓缓撤出。魏军知道檀道济厉害，又见他这样从容不迫地撤退，以为他设下了伏兵，不敢贸然追击，反而稍向后退。檀道济就这样从敌人重兵眼前把全部军队撤了回来。

这个事例说的是，檀道济巧用计策，使他的军队脱离了险境，安全地撤回了本国。

关于檀道济这次撤兵，据史书记载，还是为后人所称道的。《南史·王敬则传》中有这样一段话：“敬则仓卒东起，朝廷震惧。东昏侯使人上屋，望见征虏亭失火，谓敬则至，急装欲走；有告敬则者，敬则曰：‘檀公三十六策，走是上计’。”王敬则是南朝齐国人，他说的檀公，应指南朝宋国的檀道济。

韦孝宽用计脱险境

公元580年，北周隋公杨坚被封为左大丞相。自此权大震主，野心勃勃。相州部管尉迟迥看出杨坚心怀叵测，欲代周自立，准备出兵讨伐杨坚。杨坚也感到尉迟迥对自己是个很大的威胁，就派自己的亲信韦孝宽去替换他。

韦孝宽素知尉迟迥的为人，预感到执行这项使命可能遭到不测，因此边走边考虑如何对付的计谋。尉迟迥果然对韦孝宽来替换自己又气又恨，准备致韦孝宽于死地，于是便主动派人催促韦孝宽上任。韦孝宽看情况不妙，就假装有病，慢慢磨蹭，在途中故意拖延时间，还派人以求医找药为名，到尉迟迥所在地暗中探察情况。

韦孝宽

当时韦孝宽的侄子韦艺任魏郡太守，受尉迟迥统领，两人结为死党，尉迟迥就派他去催促韦孝宽。韦孝宽知道尉迟迥没怀好意，就追问韦艺这次来催的真实目的，见韦艺不肯说实话，就以死相威胁。韦艺是个胆小的人，一恐吓就说了实话。韦孝宽意识到尉迟迥很快就会派人来追杀他，便决定立即向西逃跑。韦孝宽担心被追上，在逃跑过程中，使出一条拖延敌人的计谋，他根据尉迟迥好酒贪杯的弱点，采用了盛宴滞敌的办法。

韦孝宽每到一个驿站，都对驿站的管事说："蜀公尉迟迥大人将要到来，你们赶快准备迎接他，要用好酒好菜招待他。”并在临走时把驿站的好马全部牵走。

尉迟迥果然派仪同大将军梁子康带着几百人马来追韦孝宽。他们看到每个驿站都有好酒好菜招待，还以为尉迟迥大人威震四方，连驿站也殷勤备至，乐得一路好吃好喝，便尽情地享受这一顿又一顿的美餐，因此大大拖延了追赶韦孝宽的时间。每当他们吃饱喝足，准备换马时，驿站里尽是些老弱残马，他们没有办法，只得慢慢前进。韦孝宽就这样得以逃脱了尉迟迥的追击。

韦孝宽陷于险境，只有脱逃。为迟滞强大的追兵，他利用驿站仅有的条件，一是殷勤招待，一是偷换马匹，尽其诈谋之能事，居然使追敌高高兴兴地中了诡计。

以退为进

公元1508年，宁王朱宸濠叛乱，王阳明平定了朱宸濠之乱，逮捕了宸濠，把他囚禁在浙省。当时正赶上皇帝南巡，驻在留都。中官诱骗王守仁放宸濠回江西，等皇帝亲征时再把他擒获。中官派了两个宦官到浙省传达他的命令。王守仁收下了他的命令，却指责中官的这一行为。中官因害怕，这件事就作罢了。

江彬等人妒忌王守仁的功劳，散布流言，说王守仁开始时与宸濠同谋，听说朝廷的大军出征后，才把宸濠逮捕以开脱自己。他们想把王守仁也逮捕起来，把功劳归自己。王守仁与张勇商量说，如果顺应皇帝的意旨，也许还可能挽回局面。假如不听朝廷的旨意，而反抗他们，白白引起那些小人的怨怒。于是就把宸濠交给了张勇，再上表告捷。把捉宸濠的功劳归于总督军门，要求皇上不要到江西去，王守仁自己也称病在净慈寺养病。

张勇回到京城，在皇帝面前极力称赞王守仁的忠诚，以及他让功避免灾祸的做法。皇帝悟清了是非，于是制止了对王守仁的指控。

回马一枪

公元1639年5月初，张献忠在谷城（今湖北谷城）重举义旗。在罗猴山大败明军。

罗猴山大捷后，张献忠率部屯驻于川、陕和湖广三省交界的山区，视明军之动向，随时准备向敌军薄弱部位发起攻击，打破围剿。杨嗣昌带着一柄尚方剑，率领十万大军，携带二百万两白银，“抱祖逖澄清四海之志”，踌躇满志地到达襄阳（今湖北襄樊市），筹划进攻张献忠的作战计划。在军事上，杨嗣昌采取四正六隅十面网的“圆盘围剿”策略，企图“以合力诛张（献忠）、曹（即罗汝才，时称曹操），然后以胜兵临余寇”。

当时，聚集于川、陕、湖广三省交界地区的起义军分为两大股，分别由张献忠和罗汝才（曹操）率领。公元1640年正月，罗汝才在香油坪大败明湖广巡抚方熠军后，转入川东山区活动。闰正月张献忠率部与明军主力左良玉部数战于高兴坝、拘坪关等地，双方互有胜负。部队转战入川后，2月初在太平县（今万源）之玛瑙山，被明军左良玉、郑崇俭、张令等部四面包围。杨嗣昌利用农民起义军叛徒刘国能（闯塌天）带领假扮农民起义军运粮人员的明军，向张献忠起义军营地开进。由于起义军守营将士的疏忽，使这批人混入了营盘，待被发觉时，外面的明军已经逼近。明军里应外合，同起义军发生了激战。由于玛瑙山地形对起义军不利，起义军在人数和实力上也寡不敌众，刘国能这个叛徒又熟悉农民起义军内部情况，因此战争对起义军极为不利，使起义军遭受重大损失，张献忠突出敌人重围后，北走岔溪、千江河等地。明军张令、方国安跟踪追来，张献忠巧设计谋，把明军诱至柯家坪山区。乘敌立足未稳，突然来了个“回马枪”，将明军张令部打得大败，几乎全军覆没。当明军郑崇俭部赶来援救时，张献忠早已主动撤围而去，转入兴山、房县等地深山中，养精蓄锐，伺机出击。

从这次战争来看，玛瑙山一战张献忠的起义军明显受挫，但他却没因失败而气馁，而是在明军追来之际，佯败诱敌，在柯家坪一地，给敌人以出其不意的打击，转败为胜。张献忠的这种大将风度和用兵艺术，颇值得我们今天的指挥员学习和借鉴。

济南之战

李景隆真州败逃后，朱棣率大军直趋南下，五月十六日进抵济南城下，随即对其实施包围，想夺取城池。

固守济南城的是山东参政铁铉，将军盛庸。朱棣显然低估了城内的防御力量，他令人射降书入城，劝谕守将投降。谁知城内射出的回信要朱棣效法周公辅成王之故事，退兵罢战。朱棣劝降不成，恼羞成怒，扬言要堵塞河道，以水灌城。城内人们闻言十分惊慌，守城将士一片哭声，许多人主张出城投降。此时，守将铁铉对军民说道："大家不用怕，我自有破敌之策。"随后，他便令心腹出城向朱棣乞降。降书写道："奸臣不忠，使大王冒霜露，为社稷忧。谁非高皇帝子？谁非高皇帝臣民？其降也。然东海之民，不习兵事，见大军压境，不识大王安天下、子元元之意，或谓聚而歼之。请大王退师十里，单骑入城，臣等具壶浆而迎。"（《明史纪事本

末·燕王起兵》卷一六）

智者千虑，必有一失。朱棣也竟然放松警惕，不辨真伪，相信了铁铉的话。

第二天，朱棣按照城内人要求，骑马率十多名护卫来到城边。朱棣跨过吊桥，直抵城下。但见城门洞开，无数军民在城内排列成二排，齐声高呼“万岁”。朱棣得意洋洋，催马入城。忽然，铁铉一声令下，悬在城门上的千斤铁板急剧落下，不偏不倚，正好砸到朱棣坐骑的马头，朱棣跌下马来，大惊失色，慌忙换马而逃。铁铉急令士兵拉起吊桥，以求截断朱棣退路，但吊桥太重，一时未能拉起，朱棣侥幸逃过吊桥，等铁铉率军杀出，朱棣已经逃远。

朱棣回到营中，对铁铉恨之入骨，令将士猛攻城池。守城士卒拼命抵拒，朱棣一时无法拿下。为了早日攻下城池，朱棣调集大炮轰击城墙。眼看就要破城了，这时铁铉令士兵将书有“太祖高皇帝之灵”的木板悬挂于城墙上，燕军见后，不敢再用炮轰了，朱棣对此也束手无策。与此同时，南军正向济南集结，平安率部向德州进发，企图切断燕军粮道。朱棣谋臣见情形不妙，对朱棣言道：“师老矣，请暂还北平，以图后举。”朱棣接受建议，于八月十六日撤兵北归。

敌来则走　敌疲则打

驱巨兽六破蛮兵

清乾隆年间，爆发了声势浩大的以反清复明为目的的白莲教起义，其中以王聪儿、姚之富领导的起义，对清军打击最大，在各地起义军中力量也最为强大。

白莲教的迅速发展及其鲜明的反清性质，直接威胁着清王朝的封建统治。公元1794年7月以后，湖北、四川、陕西、河南、安徽、甘肃等省根据乾隆的“谕旨”，掀起了搜捕、镇压白莲教的大浪。8月中旬，清政府在湖北先后逮捕了西天大乘教首宋之清以及齐林、樊学鸣、宋相、伍公美等一百多人；9月11日，又在湖北房县石岭沟捕获收元教首王应琥以及廖勇富、王应凤等数十人。白莲教各支派首领在此腥风血雨的日子里，大多数遭杀害。领导嘉庆元年白莲教起义的领袖之一王聪儿就是白莲教支派西天大乘教首领齐林的妻子。齐林被捕时，王聪儿藏匿于襄阳郊外青莲庵中，幸免于难。这次起义时，被教徒推为总教师。

王聪儿和姚之富等人在襄阳黄龙挡率众起义后，焚烧吕堰驿并进攻樊城。他们在同清军的作战中，逐渐摸索到战争的规律，认识到采取流动作战的必要性。起义后，他们不株守一城一地，而在汉水以东的广大地区同清军周旋。嘉庆元年8月，王聪儿、姚之富等人率起义军在钟祥一带遭到清军的合围。他们鉴于硬拚或困守都与己无益，遂于2月并力向北突围。突围后进至双沟，在陈家河设伏以待。当清军追来时，起义军伏兵突然发起攻击，将敌人打得大败，尔后便北走鄂豫陕边界，在那里开展斗争。姚之富一再告诫部下：“断莫与官兵接仗，遇见时即四散奔走，总要官兵不知我们出没才好”。又说：“偏要遇见，即行分散，各领一股逃窜。俟官兵赶逐疲乏之时，再拚死上前抗拒，若敌不住，再逃不迟。”

由于姚之富采用了“敌来则走，敌疲则打”流动作战，以弱胜强的正确战术，所以起义一年之后，湖北各地的起义军都相继失败，而王聪儿、姚之富领导的襄阳起义军却岿然独存，并驰骋于广大地区，不断地给清军以沉重打击。

蒋介石的“下野”与“复职”

蒋介石在其政治生涯中曾一次又一次被迫“下野”，但又一次又一次“复职”。“下野”是蒋介石以“一变”应“万变”的拿手好戏。

1927 年 8 月，蒋介石在徐州城被北洋军阀孙传芳打败，狼狈退回南京。桂系军阀李宗仁、白崇禧指挥桂系军队控制了南京，威逼蒋介石交出大权。蒋介石势单人孤，只好宣布“下野”。但是，“下野”不过是蒋介石的韬晦之计，“下野”后，蒋介石四处活动，成功地取得了冯玉祥、阎锡山的支持，又网罗了一批党羽，反而把桂系“孤立”起来。仅仅过了三个月，李宗仁就不得不发表声明，让蒋介石回南京“复职”。蒋介石“复职”后，集军政大权于一身，将李宗仁逐出“中央”。这是蒋介石的第一次“下野”和“复职”。

1947 年后，蒋介石发动了不得人心的反共内战，在辽沈、淮海、平津连连败北，损失惨重。桂系李宗仁、白崇禧抓住蒋介石的“失误”，向蒋介石发起猛攻，逼迫蒋介石“退位”，蒋介石自感难逃“重责”，为了掩人耳目，故伎重演，发表“下野”声明，让李宗仁出任“代总统”。但是，蒋介石“下野”后，将军权、财权全部“带走”，又把自己的嫡系等人安插在重要职位上，完全架空了“代总统”李宗仁。人民解放军解放了南京、广州，国民党伪总统府迁到了重庆。四川是蒋介石嫡系部队的老窝，蒋介石在那里再一次导演了“复职”闹剧，而且还成功地离间了有几十年友谊的李宗仁、白崇禧之间的亲密关系。李宗仁害怕在重庆成为蒋介石的“阶下囚”，离重庆、经香港到美国定居，而白崇禧跟随蒋介石去了台湾。这是蒋介石的又一次“下野”和“复职”。

总之，蒋介石的“下野”是为了应付一时的失利和搪塞罪责，是在以“一变”应“万变”，而一旦时机成熟，他就又堂而皇之地“复职”，这才是他的真正目的。

恺撒不称帝

恺撒是古代罗马著名的政治家和军事家。一生驰骋战场，战功累累。公元前 45 年，他击溃庞培残部，结束内战，回到罗马。人们对他的感激和敬畏空前高涨，授与他“祖国之父”的荣誉称号，选举他为终身独裁官。从此他大权在握，以独裁者的身份号令天下。不久，恺撒所倚重的心腹部将安东尼被选为执政官。他知道恺撒的野心，便事事投其所好。公元前 44 年 2 月 15 日牧人节庆祝活动中，恺撒正在观看表演，安东尼突然跳上看台，把预先准备好的一顶月桂皇冠戴在恺撒的头上。安东尼以为只要恺撒“黄袍加身,”，群众定会齐呼万岁。谁料喊出“恺撒大帝万岁”的只有他一人，群众缄默不语。恺撒正洋洋得意，突然发现形势不对，当机立断把皇冠丢到地下，顿时人们向他欢呼喝采。安东尼把皇冠拾起又给恺撒戴上，场上再次变得寂静无声。恺撒佯装发怒，把皇冠再次丢在地下，广场上又欢腾起来。

又有一次，恺撒从前线打了胜仗返回罗马，在欢呼的人群中突然有人高呼“恺撒大帝万岁!”恺撒对上次的事件记忆犹新，立即高声斥责：“我不是大帝，我是恺撒!”从此以后，再也没有人敢称恺撒为大帝了。

恺撒并非不想加冕登基，南面称孤。只是他从牧羊节庆祝活动中已经明显地看出群众不支持他称帝。民心不可侮，他不能触犯众怒。其实不称帝并不影响他搞独裁政治，何必为一顶皇冠而冒天之大不韪。恺撒不称帝，正是他的智谋。

伊凡四世以退为进

俄国伊凡四世执政期间一个重要内容就是打击封建大贵族，强化中央集权政治。1533 年，莫斯科大公瓦西里三世去世，年仅 3 岁的伊凡即位，大贵族乘其年幼相互争权夺利。国家实权最初落入叔伊斯基手中，后又为格林斯基夺得。格林斯基废除前朝制定的有利于中央集权的各项政策，把一些城市与土地分给他的亲属党羽，造成封建割据的局面。喀山汗国利用这种混乱的局面向俄罗斯进攻。这种内外交困的形势引起国内各阶层，特别是中小贵族的不满。1547 年，莫斯科爆发反对格林斯基的起义。年方 17 岁的伊凡四世决心利用这个机会摆脱大贵族的控制，遂由莫斯科大主教加冕称沙皇，为建立俄罗斯大帝国而斗争。1549 年，伊凡四世建立重臣会议，以贵族阿达舍夫。宫廷教士西尔维斯特，大主教马卡里和库尔布斯基为该组织的主要成员，领导政治、经济、军事、司法等改革，限制大贵族的权力，提高中小贵族的政治、经济地位，以获得他们对中央集权政治的支持。随着重臣会议在国家政治生活中重要性的增加，其实际领导人阿达舍夫等人的权势亦日益增强，这引起伊凡四世的警惕。1560 年，他以“反叛”的罪名解散了重臣会议，流放阿达舍夫，贬黜西尔维斯特。1564年，库尔布斯基亲王在立沃尼亚主持军务，因不满伊凡四世对大贵族的压制，遂叛国投降立陶宛，使俄国在夺取立沃尼亚战争中失利。这使伊凡四世深深感到大贵族还有一定的实力，如何能彻底削弱他们呢？经过深思熟虑，决定以退为进，用“退位”的办法来换取民众的支持。一天，他只身离开莫斯科，来到亚历山大罗夫村宣布退位。他给莫斯科发去2份材料。一份是揭露贵族和僧侣对沙皇的背叛，说明他是被迫退位；另一份是声明他对莫斯科的市民和商人没有恶意，迫切需要得到他们的支持。这场“退位”闹剧果然达到了伊凡四世的预期目的。莫斯科人民派出代表来这里接回了沙皇，并按他的指示处罚了那些叛逆者。伊凡借此机会实行特辖区制度，对凡是反对他的人都进行无情的屠杀。斯特里茨基公爵曾一度觊觎他的王位，他不但迫使他服毒自杀，而且镇压了他的同党。腓力主教因反对特辖区制度而被绞死。伊凡四世通过上述努力，削弱了地方割据势力，巩固了中央集权。

彼得主动退却胜查理

1708年，瑞典皇帝查理打败了奥古斯都二世。随即，瑞典投入更大规模的兵力进行对俄国的战争。秋天，两支瑞典军队在俄国登陆。一支有 13000 人，另一支 43000 人的部队，由查理亲自统率，查理率领的军队迅速越过维斯杜拉河，向莫斯科推进。彼得一世带领俄军在斯摩棱斯克迎击查理，双方一场激战，彼得被打得惨败。

击败彼得一世后，查理十二的军队既不向莫斯科继续推进，也没有去占领波罗的海诸省，却挥戈南下，进军乌克兰。就在不久以前，俄国刚发生了两次大叛乱。查理进军乌克兰目的就是与在那里的由马泽帕率领的 30000 哥萨克和波兰、鞑靼人叛军会合。

彼得在斯摩棱斯克战败后，把兵力退入俄国腹地，避免与瑞典军队再次接触，任由查理长驱南下乌克兰。彼得知道，这个时候自己没有力量与瑞典军队直接交锋，必须避其锐气，等待时机。与此同时，彼得一世派大臣门希科夫奔赴乌克兰，说服乌克兰人效忠沙皇。门希科夫巧妙地将绝大部分乌克兰人再度拉回到彼得大帝一边。当查理十二世与马泽帕会合时，只有 4000 名哥萨克支持他，连波兰人和鞑靼人都拒绝给予他们任何帮助。这时，彼得开始了在瑞典军队占领区附近的清野工作，并派出小股游击部队不断骚扰、袭击瑞典军队。瑞典人天天紧张不安，心惊肉跳。查理沉不住气了，他命令瑞典国内迅速派兵赶来增援。

1708年10月，瑞典增援部队14000人到达俄国境内的列斯那雅。已在这里等候多时的俄军乘瑞军立足未稳之机，展开了猛烈的还击。瑞典军队吃了败仗，所有军需供应均被俄军掳获。查理绝望无奈，只好在乌克兰过冬。天也不助，那年的冬天是100年以来最寒冷的一个冬天。严寒、疾病、饥饿、不间断地袭击，使瑞典军队狼狈不堪、惨不忍睹、死伤大半。瑞典军队的武器弹药大部分也失去效力。瑞典部队此时已混乱到失去了战斗力的地步。此刻，彼得大帝看到反攻时机已到，毫不迟疑地展开了猛烈的攻击。1709年，彼得的40000名大军在波尔塔瓦围歼瑞典军队。查理残余的兵马大部投降，他自己仅和几个随从逃到土耳其。

在形势有利于敌，不利于我的情况下，采取主退却，避开敌军锋芒，创造条件，相机再战，夺取胜利，这是战争中常有的事。在俄军与瑞军作战中，俄军统帅彼得一世采取了这种谋略，获得了成功。

华盛顿主动辞职不当国王当农夫

美国第一位总统乔治·华盛顿，在美国独立战争胜利后，主动辞去大陆军总司令职务，不当国王当农夫，回到了蒙特维尔农庄当他的种植园主，重温“在葡萄树和无花果树的绿荫下享受宁静的生活”。嗣后，即在连任两届美国总统后，华盛顿又主动辞去总统职务，不搞终身制，可以说，华盛顿的任职与辞职，都是为国为民，不存在为个人要索取什么，这充分体现了一个伟人的坦荡心怀和一位将帅崇高品格的风范。1782 年，美国独立战争已结束，胜利后不久，一些阶层和集团都主张华盛顿效仿英国政体——君主制，“登基”做美利坚合众国的“国王”。华盛顿统率的军队也表示支持。对此，华盛顿表示愤怒和坚决反对。他挥笔疾书：“让我恳求你们，如果你们对你们的国家还有一丝尊敬之情，如果你们还为你们自己和你们的子孙后代着想，或者你们还尊重我的话，那么就从你们的头脑中彻底清除这种念头。我认为这个念头包藏着可能降临我国的巨大灾难。”1783 年 12 月 23 日，华盛顿即在安那波利斯正式交还大陆军总司令委任状，返回到蒙特维尔农庄与家人团聚，恢复了一个平民的身份。

美国独立后，建立起来的是资产阶级和奴隶主联合专政。当时，软弱的联邦政府毫无实权，国库空虚，负债累累，投机商人囤积居奇，大发横财。作为革命原动力的广大人民群众仍旧生活在水深火热之中。因此，美国人民的不满情绪日益高涨。1786 年秋，在独立战争发源地的马萨诸塞州爆发了一场谢斯农民起义。美国独立战争的胜利果实正“濒临混乱和毁灭的边缘”（华盛顿语），为此，华盛顿决定再度出山。1787 年，华盛顿主持制定宪法会议。1789 年，华盛顿又以他的特殊地位、荣誉和声望，当选为美国第一任总统。宪法规定，每届总统任期 4 年。华盛顿连任了两届后，1796 年 11 月发表了著名的《告别书》，主动离开了政治舞台。然而就在他离世的前一年 1798 年，在美法关系恶化、战争一触即发之时，已经卸职回到蒙特维尔农庄的华盛顿，又应新总统的召唤重披戎装，担任一支新建军队的总司令，继续为国效劳。——为国为民，鞠躬尽力，死而后已，这是华盛顿任职与辞职的本质所在！

穆拉维约夫走为上

为了争夺土耳其海峡和君士坦丁堡，1853 年 10 月，沙皇尼古拉统治下的俄国同土耳其之间爆发了长达 3 年的克里木战争。战争同时在陆地和海上打响。战争爆发后，英国、法国坚决支持土耳其，并与土耳其结成同盟国。不久，同盟国海军与俄国海军先后在黑海、波罗的海、太平洋进行激战。

当时，同盟国在太平洋的海军力量远远优于俄国。

俄国海军只有四五艘象样子的战舰和一些民用船只。俄军能投入战斗的陆上部队，这里也不过1000人。但是，统率这支军队的俄国东西伯利亚总督穆拉维约夫伯爵是一个优秀的领导者，他手下

烧藤甲七擒孟获

的各级军官素质也很好。穆拉维约夫判断了双方的战略状况，他认为现在敌我实力相差悬殊，以自己微弱的军力防守广阔的地区是不可能的，必须缩短战线，把有限的兵力集中守卫最重要的战略要地，同时用巧计击退敌军。他计定将全部力量投入固守堪察加半岛、阿穆尔河口和萨哈林岛（库页岛）。

1854年8月29日，英、法海军组成的国际特遣舰队到达堪察加半岛，并开进海湾，准备寻找俄国舰队决

战。穆拉维约夫看到敌人来势汹汹、气势夺人，又了解到英、法海军远道而来，补给困难，争取速战速决，于是下令俄海军全部撤入海港，不主动迎战，同时从远处运来大炮，加强军港的防御，以等待敌人时间一长不战而退。

同盟国海军找不到俄国军舰，又急于作战，只好决定强攻俄国海军基地彼得罗巴甫洛夫斯克港。8 月 30 日，英、法猛烈炮击该港，俄国防御该基地的大炮大多被炸。但俄军彻夜修复大炮，以最快速度重新布置好了炮火。

英国和法国军队没能从海上攻占彼得罗巴甫洛夫斯克。这时，三个自称从一艘捕鲸船上逃出的美国人来到英国军队指挥部，告诉他们说，从陆上进攻彼得罗巴甫洛夫斯克更容易。英法军如获至宝，迅速派出 700 人登陆，突袭俄军基地。但是他们逐渐发现，美国人指给他们的那条路崎岖陡峭，极难行走，而且道路两边裸露无遮，毫无掩蔽可恃。再往前走，他们就陷入了埋伏圈。330 个严密隐蔽的俄国士兵突然开火，枪弹密集。英法军队突遭袭击，顿时溃不成军，狼狈逃窜。撤到船上后，发现已死伤过半。英法海军无可奈何，只好退回北美的温哥华和旧金山，整顿待命。

击退英法军队后，穆拉维约夫清醒地知道，同盟国军还会派更强大的兵力来进攻。于是他决定主动把部队撤离彼得罗巴甫洛夫斯克，转移到更隐蔽的地方。为了保证俄国据有阿穆尔河口，他把能够吃苦耐劳、惯于作战的哥萨克边疆居民迁移到那里。

不出所料，1853 年 4 月，一支更雄厚的英法舰队驰抵堪察加外，就在它们还没来得及部署的时候，俄国人已将全部人员和设备装载上船，乘着大雾弥漫，躲过盟军巡洋舰，悄然溜走。

英法联军开始猛烈炮击彼得罗巴甫洛夫斯克，好久之后他们才发现，他们耗费大量炮弹轰击的只是一个空港。他们进入这个港口后，破坏了几处建筑，因为没有任何价值又退回船上。随后，整个夏天，一连几个月，英法军队都在空旷浩大的海洋上漫无目标地搜索俄国舰队。直到 10 月份，他们才终于发现俄国船只在阿穆尔河口集中了很多。但是在这里，他们的登陆部队又遭到哥萨克移民的痛击。这样，整整一年里，庞大雄厚的英法舰队面对弱小的俄国海军毫无作为，反而几次奔波于北美补给基地和堪察加半岛之间，疲于奔命，迭次受挫，始终未达预期目的。

穆拉维约专能够以弱小的俄国舰队战胜强大的英法联军，其关键之处就在于穆拉维的专懂得“先为不可胜，以待敌之可胜”的道理。他想方设法避开英法联军强大的舰队，不与之进行决战，根本目的就在于保存自己，同时，他还能及时发现敌方的弱点，乘隙攻击，取得意想不到的胜利。最终迫使英法联军不得不无功而返。

加里波迪巧杀回马枪

1860 年，意大利的西西里岛爆发了人民起义，起义的烽火迅速燃遍全岛。但在那不勒斯王国军的镇压下，起义遭受严重挫折。罗马人民革命成功以后，建立了稳固的共和国政权，原起义军领袖加里波迪被西西里人民的爱国精神所感染，决定支援西西里人民起义军。在他的倡导下，几千人报名参加了志愿军，从而组建了远征西西里的威武的“红衫军”（因志愿军统一着红衬衫而得名）。这支红衫军从组建开始就有高昂的斗志。加里波迪清楚，面对强大的，拥有相当规模海军的那不勒斯军队，红衫军大摇大摆过海登岛是难以实现的，况且西西里岛的主要港口都在那不勒斯军队的控制之下。要想顺利登陆，必须更巧施计谋迷惑敌人。

加里波迪认为，那不勒斯军队虽然强大，但他已多次败在罗马人的手下，红衫军的行动必将引起他们的严密关注。如果我把红衫军的去向定在非洲大陆，就可以调虎离山，调出西西里各港口的敌人，然后红衫军突然杀个回马枪，在西西里的海岸港口登陆。等敌人再来时，红衫军即可在岛上等候他们了。

根据这个回马枪计划，红衫军于 1860 年 5 月 5 日夜间从热那亚起航，经西西里北部海面直向非洲的突尼斯驶去。那不勒斯军在西西里海岸远远望着红衫军的去向，认为红衫军必定另有他图，那军的几艘巡洋舰如果仍停在港湾将会失去战机。于是几艘巡洋舰随即驶出马尔萨拉港，到公海上去追逐红衫军的舰船。可加里波迪得知敌人出港后，不顾刚到突尼斯的疲劳，马不停蹄，突然调转头回枪西西里岛。很快，加里波迪便在马尔萨拉港上岸。由于该港现在是个空港，加里波迪长驱直入马尔萨拉城。当那不勒斯的军舰赶回时，加里波迪已与起义军会合，从岸上对敌人进行还击。那军登陆不成，只得撤离海港逃往别处。

红衫军初战告捷，并与起义军胜利会师，开始了解放西西里岛的辉煌历程。

萨卡里亚大捷

1921 年初，在凯末尔的领导下，土耳其国民军诞生了。它一建立就与强大的希腊侵略军展开战斗。1 月份他们在伊涅纽村成功地阻止了希腊军队的进攻，在 3 月份的第二次伊涅纽战役中他们再次挫败希腊军队。希军不甘失败，在英国主子的支持下，以坦克、大炮为后盾，于 1921 年夏向土耳其国民军发动疯狂进攻。当时希腊军队共有 9.6 万人，机枪 5，600 挺，大炮 345 门，希腊国王君士坦丁亲自指挥作战。同希腊军队相比，土耳其军队只有 5.1 万人，440 挺机枪和 162 门大炮，明显劣于敌人。

面对强敌的进攻，凯末尔经周密思考和研究，决定采取以退为进、以逸待劳的战术。土耳其军队先向希腊军队退让一步，让他们未费多大力气就占领了爱斯克舍希尔和阿菲昂。1921 年 8 月 15 日，君士坦丁国王下令：向安卡拉进军！企图进一步扩大战果。

与此同时，凯末尔领导的土耳其国民军，在得到列宁领导的苏维埃政府的物质援助后，正在以逸待劳，准备向侵略军发起反攻。8 月 23 日，在君士坦丁发布军令的第 8 天，土耳其军从萨卡里亚河岸向侵略军发起猛攻。22 天后，土耳其军将希腊军队赶至爱斯克舍希尔和阿菲昂一线，取得了“萨卡里亚大捷”。这次战役是一次转折点，从此土耳其军队掌握了希土战争的主动权。

凯末尔根据实际情况采取以退为进、以逸待劳的战术，使土军避免硬拚，以保存实力。当希腊军的锐气稍减，已感疲惫之时，则发起猛烈反击，使处于劣势的土耳其军打败了强敌希腊军。

敦刻尔克大撤退

一般说来，在防御作战中由于寡不抵众，为保存实力、另择时机与敌再战，必须暂且撤退。这就是走为上计的妙用。

1940 年 5 月，英美等盟军没能阻挡住德军入侵荷兰、比利时、卢森堡和法国的凶猛攻势。英国远征军和法国第 1 集团军约 40 个师被德军从东、南、北三面合围在比利时和法国边境敦刻尔克附近不到 60 平方英里的“口袋”里，数十万大军处境危急，只剩敦刻尔克这个小港可作渡海撤退的出口。5 月 20 日，盟军统帅部举行紧急会议，讨论战局和作战计划。对于英国远征军及法国友军的命运问题，丘吉尔提出走为上计，他认为，被更强大的德军所围困的数十万盟军已无突围的可能，固守原地只能全军覆没，自取灭亡，唯一的希望就是西渡英吉利海峡撤往英国。丘吉尔的想法与多数将领一致，大都感到应采取暂时撤退的办法，保存大批经过战火考验的将士，以图重振旗鼓，有朝一日重新杀回去。

随后，盟军在加强就地防御的同时，开展了组织撤退的各项准备工作。

5 月 26 日，面对敦刻尔克情况的日趋恶化，盟军统帅部终于下达了撤退命令。盟军的撤退绝不是无计划的溃逃。为了有计划地实施撤退，他们首先加强了地面防御部署。在格拉夫林、敦刻尔克和尼波特一带增强了反坦克火力配置；在敦刻尔克和加来之间的沿海一带把水闸打开，让大水淹没周围洼地，构成一道洪水防线；在有些地域的积水中倒入大量汽油和酒精，当德军坦克冲过积水之际，盟军用猛烈的炮击引起一道火墙，以迟滞德军坦克的攻势。英国王家空军还竭尽全力地派出战斗机进行警戒、拦截，保卫撤退中的登船点、停泊舰船和滩头阵地。他们还有组织地调动成百上千的各种类型舰船，包括巡洋舰、驱逐舰、拖网船、疏浚船、帆船、游艇等执行撤退运输任务。整个撤退计划从 5 月 6 日到 6 月 4 日结束，总共将 33 万人撤离敦刻尔克送抵英国，其中英军 20 万人、法军 13 万人，另外还有少量比利时人。这为盟军后来的反攻，保存了力量，取得了寻找机会进攻的可能。敦刻尔克大撤退从规模、惊险程度、组织效果看均堪称西方战争史上的一大奇迹。

戴高乐以退为进宣告辞职

1945 年 10 月法国举行第一届制宪议会选举，法共成为议会中的第一大党，11 月制宪议会选举戴高乐为临时政府主席。戴高乐坚持反对美国的控制及其掠取法国的殖民地。在自由（战斗）法国和他领导的临时政府时期，法美矛盾一直很尖锐。就任临时政府主席后，戴高乐提出新临时政府对外基本政策。他说，法国处在欧、非、亚三大洲的联接地位，同时面向东方和西方；法国能够而且愿意做一个纽带，无论如何不能而不愿意被人利用甚至作为赌注。当时，美国正想利用法国这个“赌注”来推行其霸权政策，为此不断对法国政府施加压力，譬如，拖延已答应给的贷款，中断供应法国急需的煤炭，为法国战后经济恢复制造各种困难，致使战后法国临时政府的组成派别矛盾加深。另外，随着法国进入和平时期，国内阶级矛盾加深，与美国联系紧密的资产阶级对戴高乐内外政策的指责越来越多，戴高乐的对外政策也屡遭打击：戴高乐提出占领莱因兰和分割德国的目标因苏美英的反对而被迫取消；对苏结盟政策也没有取得苏联在外交上强有力的支持，在雅尔塔会议上斯大林还反对划给法国占领区；法属殖民地叙利亚和黎巴嫩又落入法国在中东的长期劲敌英国人之手；莫斯科外长会议把法国撇在一边，等等。法国资产阶级当时认为只有依靠美国，才能重建法国战后经济。在国家制度问题上，戴高乐同各政治集团之间的分歧更为严重。戴高乐反对政党政治，认为党派之争势必导致政权软弱无能。他主张总统制资产阶级共和国。但在制宪议会中，共产党、社会党、人民共和党三大党主张建立拥有最高权力的议会，政府只是贯彻议会决议的执行机构。以上种种矛盾和困境，致使戴高乐无法进行正常工作。但是戴高乐坚信他的主张符合法国民族利益，终将被人们所接受，因此，他决定以退为进，准备东山再起，于 1946 年 1 月 20 日以最后通牒的方式宣告辞职。

善于退却和反攻的女总理

英迪拉·甘地任印度总理掌权后，与国大党内辛迪加派的矛盾日益加剧、一触即发。

1969 年 5 月 3 日，印度总统札基尔·侯赛因因心脏病突然去世。辛迪加派认为这是天赐良机。要推选出代表他们利益和意志的总统，必要时，可通过总统罢免总理英·甘地。辛迪加派的首脑之一卡马拉季等人力荐人民院议长桑吉瓦·雷迪为总统候选人。英·甘地曾暗中

祭泸水汉相班师

阻挠雷迪当议长，他对英·甘地的仇视是可想而知的。辛迪加派推选他是明显地把反对的矛头指向英·甘地。英·甘地马上采取阻止行动，向当时的国大党主席、也是辛迪加派的首脑之一尼贾林加帕建议：由于总理与总统工作联系密切，应当让身为总理的她本人选择总统候选人。但尼贾林加帕却说，过去的惯例是，总统候选人都由党的最高负责人，而不是由总理选择。断然加以拒绝。英·甘地又寄希望于国大党议会党团执行局八人委员会的最后决定能同意她的意见。但 1969 年 7 月中旬在班加罗尔开会时，辛迪加派势力在八人委员会中占了优势。英·甘地提出的总统候选人贾格吉凡·拉姆被否决，而通过了桑吉瓦·雷迪为国大党总统候选人。在这样不利的形势面前，英·甘地采取以退为守的策略，欣然在同意雷迪作总统候选人的文件上签了字。辛迪加派把她的暂时退却和隐避看作是彻底的失败，因而骄傲轻敌，放松了警惕。一时忘乎所以，轻举妄动起来。就在总统选举前几天，尼贾林加帕竟然会见了右翼政治组织人民同盟的领袖和保守的自由党领袖，希望他们支持雷迪当总统。国大党一直把这两个组织看成是意识形态方面水火不相容的敌对组织。辛迪加派的头面人物这样肆无忌惮地和这样的组织勾勾搭搭，当然会引起国大党广大党员的不满。英·甘地抓住这个战机，立即组织反击。指斥辛迪加派犯下不可饶恕的罪行，使辛迪加派名誉扫地，处于十分狼狈的难堪境地。他们不得已，请求与英·甘地妥协和解。保证她在下次大选之前的总理地位，要求她停止攻击，保留雷迪的总统候选人资格。英·甘地断然拒绝。她乘机支持副总统瓦·文·吉里作总统候选人。并联络共产党，阿卡利克、泰米尔纳德的德拉维达进步党，部分社会党人，在 8 月的总统正式选举中取得胜利。她支持的瓦·文·吉里当选为总统，而辛迪加派支持的雷迪败北。

英·甘地在这场激烈的斗争中，处于劣势时主动退却，麻痹敌人，引导对方犯错误，抓住时机，立即反击。从而赢得了胜利。

桑戈尔让贤退位

桑戈尔是塞内加尔的第一任总统，为该国的独立作出过卓越的贡献。他自 1960 年当上总统到 1980 年退位，国内政局一直稳定，深得人民拥护。

桑戈尔一直把国家利益、人民利益放在首位，为避免其身后或意外情况下国家政局出现动荡，他不贪图名利，不过于追求权力，注意接班人的选拔和培养。1970 年，在他的提议下，塞内加尔议会修改宪法，设立总理职位，决定由总理继承总统。当时，年仅 35 岁，留学国外，有“专家治国论者”美称的阿卜杜·迪乌夫被选为总理。经过多年的培养，1980 年桑戈尔总统提前两年自动辞职，卸去总统和国家元首职务，交班于迪乌夫。

非洲国家独立后，许多国家因权力之争不断发生军事政变，政局动荡，社会生产和人民的生活受到严重影响。桑戈尔高瞻远瞩，急流勇退，不仅使塞内加尔避免了不必要的权力之争和政局动荡，而且年轻一代的上任，又有利于国家的进一步发展。

自古以来，权欲薰心，争名夺利者层出不穷，因此给所在国家、人民带来许多危害，甚至导致国家灭亡。桑戈尔主动让贤，实为上策。这种有备无患的作法使其国家在发展中避免了隐伏的祸患。

走一步看两步

1984 年，正当“西装热”席卷全国的时候，浙江奉化县邱隘西服厂，产生一个直觉预感：形成“西装热”的主要原因，是一窝蜂兴起的西装工作服，从工厂、农民到知识分子，各行各业，全国有许多人卷了进去。然而，几十元，几百元一套的工作服，是绝对不可能年年换新的，明后年一定要冷下来，市场竞争将越来越激烈。正是针对即将出现的危机，作出了与实力雄厚的上海西服厂搞联营的决策，以增强自己的竞争能力。他们在联营后一开始就狠抓产品质量，并以优质产品赢得了信誉。结果，在“西装热”变成“西装冷”的时候，已经改名上海西服宁波分厂的邱隘西服厂却取得了巨大的成功，各地客户纷至沓来，深圳海关更换的第一批新制服，就是向他们定做的。在 1985 年全省西服质量评比会上荣获全省乡镇企业第一名。

准确的预见

1991 年春末，与往年一样，鸿运罐头材料厂加足马力，大量生产制作易拉罐的特质铝皮。谁知这一年雨季特别长，至 7 月初，天气还没放晴的意思，甚至还连续下起暴雨来。这时，都没有想到久雨对生产会有什么影响，而马厂长却果断地下令：“将铝皮生产减少三分之二。”职工们听了，都非常吃惊，每年这时候都是铝皮销量大，价格高，不理解为何黄金生产季节大量压缩产量。马厂长解释道：“今年雨季长，夏季热的时间短，易拉罐饮料销量必然大减，制易拉罐的铝皮需求自然陡之减少，价格也将会随之降低。”果然，这一年，铝皮供大于求，价格猛跌。鸿运厂由于早有准备，未受损失。

1992 年初夏干旱，马厂长从气象部门了解到夏季将特别炎热，于是他下令大量生产特质铝皮。果然，1992 年夏季持续高温，饮料销量大增，特制铝皮成为紧俏物资，价格上涨两倍。鸿运厂大量备货，缓解了市场供求矛盾，同时获得了可观的利润。

另起炉灶

路透在来到伦敦创办国际通讯社之前，曾有一段时间在德国的古城亚琛从事通讯社的工作。

1849 年 10 月，普鲁士政府正式开通了亚琛之间的电报线，并交付供商业通讯使用。这样，亚琛的地理位置一下子便重要起来，利用柏林与亚琛之间的电报线从事服务也成了十分有利可图的事业。路透得知这个消息后，立即行动起来，准备抓住这个机会干一番事业。他赶到柏林，想在那里仿效巴黎的哈瓦斯也办一家通讯社。但是，另有一个叫沃尔夫的人已经抢在他前头，在柏林建立了“沃尔夫办事处”。沃尔夫家中广有资财，经济实力雄厚，且有着与路透同样精明的头脑和才干。面对这样的对手，路透十分明白自己无力挑战。

但是，路透并没有气馁和绝望，他避实就虚地打了一切“闪电战”，马不停蹄地又赶到亚琛。一瞧亚琛的生意尚无人问津，路透喜出望外，马上开办了一家小小的单独经营的电报办事处。路透广泛收集欧洲各个主要城市的各种行情快讯，经处理后汇编成“路透行情快讯报”，然后利用尽可能快的交通联络工具提供给订户，由于不辞辛苦，加倍努力，路透的经营市场很快打开，一个时期以后，竟然出现了一股争相订购路透快讯稿件的局面。路透终于站住了脚跟。

三星不断开拓新领域

三星企业集团是韩国最大的跨国企业集团。它的成功，从根本上来讲是不为“小成”而满足，不以称霸全国为最终胜利，而是把“开拓众多新事业与先进国家较长短”作为三星的宗旨，不断扩大企业的经营领域。在扩大企业经营领域和企业规模上，三星以其远见卓识，四面出击，八方揽胜。四面出击并不是盲目扩张。一个企业的发展是个过程，在这个过程中又分为若干发展阶段。三星集团坚持企业发展的阶段一定要和国家的发展阶段同步。70 年代初，朴正熙发表了重化工业宣言。三星集团紧紧抓住这一机遇，立即把视线转向国家将要重点发展的行业。

首先，他们选择了造船业。作出这一抉择，不仅需要计划的周密审慎，而且更重要的是要在全世界范围内进行全方位的比较，才能扬长避短，跟上甚至领导世界潮流。造船业的霸主原是英国，后为日本取而代之。其原因，除日本引进。先进造船技术外，主要是由于日本国内存在大量廉价的劳动力，工人工资的开支只有英国的一半。三星集团深信，以韩国的廉价劳动力，涉足造船业，会比日本有更大的优势。三星集团涉足造船业的成功，足以证明当时决策的英明。

接着三星集团又涉足重型机械工业。站稳脚跟后，又扩张到国防工业，成功地与美国的奇异电气和普特拉、惠特尼公司合作生产了 FEA 战斗机的喷气引擎。

最后，三星集团涉足的是软件事业。如果说事业有硬件和软件之分，那么，生产事业就属硬件，服务业就属软件。搞企业经营，不仅要盯住硬件，而且也要盯住软件。大力发展软件事业，也是三星集团从事企业扩张

赵子龙力斩五将

的重要内容。在软件事业中，三星集团涉足的领域很多，如文化基金会、报纸、保险、零售商店、旅馆等无所不包。除对外贸易外，三星集团涉足软件事业是从经营金融保险业开始的。早在1958年，三星集团就已买下了一个火灾保险公司。5年的成功经营，使他们尝到了甜头。保险业务本身具有二次分配所得的机能，投保者既可作为储蓄存款，也可为万一做准备，既可作为发展经济的投资财源，也可作应急资金加以灵活调度；保

险业务既属金融事业，又属社会公益事业，是企业和国家不断发展必不可少的事业。今天，三星集团的东邦生命保险公司已成为韩国最大的保险公司之一。

流通领域的百货公司也是三星集团软件事业的重要组成部分。三星集团买下的新世界百货公司，经过 34 年的成功经营之后，已成为韩国百货业的霸主。

在软件事业中，三星集团最为青睐并倾注极大心血的是广播新闻业。在三星集团的发展历程中，有过较好地利用广播、新闻手段的时候，也有过广播、新闻对他们非议报导的时候，可使他们认识到了“笔胜利剑”的道理。因此，三星集团决心将经营领域伸向新闻广播事业。

在成功的企业扩张战略指引下，三星集团长期占据着韩国财阀的第一、二把交椅。三星集团系列企业有数十个，分布在纤维、食品、建筑、电子、保险、外贸、造纸、机械、流通等产业。产品种类繁多，主要有电视机、电冰箱、洗衣机、电子计算机、电话、半导体、照相机、钟表、毛纺织品，各种成衣、食糖、面粉、调味品等各种食品；有船舶、机器设备、饲料、纸张、农副产品等。同时还有不动产、广告、旅游、高尔夫球场、游泳、饭店、医院……。三星集团不仅称霸国内，还扩张到国际上 37 个国家。

松下以退为进实现既定目标

1952年日本松下电器公司与荷兰菲利浦公司就有关技术合作问题进行商务谈判。菲利浦公司提出技术转让使用费的提成率为销售额的7%。松下幸之助先生经艰苦的努力，把提成率压价到4.5%。但菲力浦公司又提出了新的要求作为提成率优惠的条件：专利转让费定为55万美元，并且必须以总付形式一次付清。

当时的松下公司资本总额不过5亿日元，55万美元相当于2亿日元！这笔专利转让费对松下公司来说的确是一个相当沉重的负担。对方的要求、条件能否接受呢？

妥协和退让值不值得做呢？松下幸之助感到极度的犹豫，合同文本是由菲利浦公司拟就的，其中的违约和处罚条款的订立也都有利于菲利浦公司。松下幸之助在形势对己不利的情况下考虑到：如果做些妥协、退让，接受对方的条件和要求，付出这笔钱，对松下公司的发展，对日本电子工业的发展都是有益的。

松下先生为保证技术合作项目的效益稳定，又对菲利浦公司做了深入细致的调查研究。在调查中，他发现菲利浦公司拥有一个3000名研究人员的研究所。他们设备先进，人员精良，每天都在进行着世界最新技术和最新产品的开发研究。松下幸之助暗自思忖，如果创造一个同样规模、同等水平的研究所，要花上几十亿日元和几年的时候，而现在，以2亿日元为代价，便可以充分利用菲利浦公司研究所的人员和设备，这事何乐而不为呢？于是，松下先生毅然同菲利浦公司签订了合作合同。从此，松下电器公司创立并发展，菲利浦公司派出了技术骨干前去赴任，他们把技术、知识和管理经验传授给了松下公司。在双方的合作期间，松下公司便利、迅速地获得了菲利浦公司最新的技术发展。双方的合作，为松下公司发展成为驰名全日本乃至全世界的公司打下了坚实的基础。

松下电气公司与菲利浦公司的这场谈判，松下幸之助先生运用了以退为进的技巧，做出了妥协和让步，接受了菲利浦公司的巨额专利转让费和不公正的违约和处罚条款。但松下先生的让步，换回的是公司发展的强大的助推力——菲利浦公司世界称雄的技术实力，松下公司最终发展成了世界著名的电子工业公司。

此案例也说明，如果谈判者在商务谈判中能够灵活巧妙地运用“以退为进”技巧，将会较顺利地实现谈判目标。运用这种技巧，就是谈判者要放弃一些眼前的、微小的利益，以换取长远的、宏大的利益，妥协和退让的目的是进和取；如果将这种技巧运用在谈判陷入僵持局面时，效果会更显著，它是打破僵局，使谈判重现生机的良策之一。

哈费尔的脱销策略

“处方 409”是哈瑞尔公司的当家产品。这种喷雾清洁剂从 60 年代初就占有了美国清洁剂市场的 50％以上。

波克特甘宝公司的“新奇”则想后来居上，把“处方 409”的市场抢夺过来，一场抗衡战开始了。

哈瑞尔公司了解到“新奇”首先将在丹佛推出，而这个城市也是“处方 409”最畅销的城市。这一天，全丹佛市的零售清洁剂商店好象约好了似的，售货员把最后一瓶“处方 409”交给一位顾客，而另外三位顾客得到的答复都是：“啊，对不起，‘处方 409’刚卖完。”

这样的脱销正是哈费尔的策略。它使得用惯了“处方 409”的顾客十分烦恼。为了应急，家庭主妇纷纷购买“新奇”，让波克特甘宝的人着实乐了好半天，为此决定全面投入生产和向美国市场推进。

这时，哈瑞尔公司的“处方 409”又卷土重来，它采用大瓶包装，低价出售的方式，在全美国大造声势。主妇们看到自己用惯了的清洁剂如此便宜，纷纷争购，许多家庭在半年之内都不必再买清洁剂了。而波克特甘宝公司还蒙在鼓里，继续大规模生产，大规模宣传。不久，反馈的信息回来了，“新奇”只销出去一点点，再没有多少人问津，后来干脆从商店的货架上消失了。

转换思路，出奇制胜

经营犹如打仗，战略上只有一个目标——胜利，战术上则可以灵活运用。转换思路，往往可以出奇制胜。有道是：山重水复疑无路，柳暗花明又一村。

1922年，在代做电风扇底盘稳住阵脚、做插头大有发展的基础上，松下在大开街设立了新的工厂。鉴于产品单一的局面，松下拟试制他早有心得的产品——车灯。他的突破口，选在了自己极为熟悉的脚踏车车灯。

当时的脚踏车灯有三种，一是点蜡烛的，很容易被风吹熄；二是电石（乙炔）灯，费用昂贵，操作复杂，也极容易出危险；三是电池灯，安全方便，但使用时间短，一次只能用两三个小时。三种比较，松下决定以电池车灯为突破口。他对旧有的电池灯作了许多改良，外型为炮弹型，聚光好，亮度高；电池采用探照式手电筒用的大电池，可以持久照明30～50小时。1923年上半年，松下解决了优质干电池和木制外壳的订制工作，6

月组装出了预想的车灯，准备推向市场了。

不料，他的推销却几乎受到了所有电气器具批发商的抵触，无法推动。不论大阪，还是东京，大家对这种新玩艺的反应都极为冷落。商人们都习惯了旧式的车灯，且销售良好，没有人肯于冒风险推销这种新产品。

这种情形，颇让松下感到头大。他在和木制外壳的制作商谈判时，商定每月无论如何都订 2000 只的合约，不用也得付钱。而此时，库存已经有三、四千只之多。如果不能及时推销，后果严重。

松下想，电器批发商不要，那就找脚踏车批销商，因为车灯是车的部件，他们应该考虑进货的。结果，同上一次一样，一个多月的功夫下来，还是未能说得一位老板动心。

症结何在？松下以为是没有让人们认识到新车灯的物美价廉。既然批发商出于商业和利益不愿冒风险，那就直接请用户鉴别吧。与用户直接发生关系的是脚踏车零售商，应该去找他们。同时，松下也改原来的经销为寄销，并要告诉每个零售商，一定要把数只车灯中的一只打开开关，试看能持续发光多久。于是，松下雇用了三名专职业务员，把大阪分成三个地区，每人负责一个地区，挨户推销。

那些寄售车灯的零售商，很快就发现了这种新型车灯的优点、公道的价格，推销起来倍加卖力。一月之后，情势已经大为好转；两三个月以后，订购者纷涌而来，大有应接不暇之势。

厂家和批发商打交道，这是一般的途径。起初，松下也是顺这条一般的途径去谋求出路的。在没有任何成果的情形下，松下忽然转变念头，改向最末层的销售机构零售商去下功夫，奇迹般地开拓了新型车灯的市场销路。在社会大众普遍欢迎的情况下，以前那些沉着脸的批销商痛感失去了赚钱机会，转而鞠躬作揖地要申请承包总批发。

许多事情就像松下推销炮弹型车灯一样，换一种思路、换一个方向就可以有所突破，这正如中国古诗所云："山重水复疑无路，柳暗花明又一村"。